A CIÊNCIA *do* BEIJO

A CIÊNCIA *do* BEIJO

O que nossos lábios nos dizem

SHERIL KIRSHENBAUM

TRADUÇÃO
Renée Eve Levie

martins fontes
selo martins

© 2013 Martins Editora Livraria Ltda., São Paulo, para a presente edição.
© 2011 Sheril Kirshenbaum.
Esta obra foi originalmente publicada em inglês sob o título
The Science of Kissing, mediante acordo com a Grand Central Publishing
(New York, NY, USA). Todos os direitos reservados.

Publisher	*Evandro Mendonça Martins Fontes*
Coordenação editorial	*Vanessa Faleck*
Produção editorial	*Danielle Benfica*
	Valéria Sorilha
	Heda Maria Lopes
Diagramação	*Marcela Badolatto*
Preparação	*Denise Roberti Camargo*
	Lucas Torrisi
Revisão	*Flávia Merighi Valenciano*
	Juliana Amato Borges
	Renata Sangeon

Dados Internacionais de Catalogação na Publicação (CIP)
(Câmara Brasileira do Livro, SP, Brasil)

Kirshenbaum, Sheril
  A ciência do beijo : o que nossos labios nos dizem / Sheril Kirshenbaum ; tradução Renée Eve Levie. -- São Paulo : Martins Fontes - selo Martins, 2013. -- (Coleção psicologia e pedagogia)

Título original: The science of kissing.
Bibliografia
ISBN: 978-85-8063-128-9

1. Beijo I. Título. II. Série.

13-12999   CDD-394

Índices para catálogo sistemático:
1. Beijo : Costumes   394

Todos os direitos desta edição reservados à
Martins Editora Livraria Ltda.
Av. Dr. Arnaldo, 2076
01255-000 São Paulo SP Brasil
Tel.: (11) 3116 0000
info@emartinsfontes.com.br
www.martinsfontes-selomartins.com.br

Para David,
que me inspira a cada dia.

Sumário

Prefácio 11
Introdução 21

Primeira Parte

À CAÇA DAS ORIGENS DO BEIJO

1. Primeiro contato 31
2. Febre da selva 49
3. Beije meu passado 61
4. Intercâmbio cultural 79

Segunda Parte

O BEIJO NO CORPO

5. A anatomia de um beijo 97
6. As mulheres são de Vênus,
 e os homens são fáceis 115
7. Perfume de homem 129
8. Encontros íntimos 149
9. Essa coisa chamada
 sapinho existe 163

Terceira Parte

GRANDES EXPECTATIVAS

10. O que seu cérebro diz sobre o beijo	181
11. Laboratório aberto	203
12. O futuro do beijo	215
13. A química certa	225

Sobre a ciência do beijo	239
Agradecimentos	241
Bibliografia	245
Índice remissivo	267

"Este é um livro de beijos?"
– THE PRINCESS BRIDE, 1987

Prefácio

Um beijo é uma das trocas mais significativas entre duas pessoas e serve como uma linguagem silenciosa para transmitir nossos sentimentos mais profundos quando as palavras não funcionam. Esse ato pode ter inúmeros significados e ressonâncias, de um símbolo de amor e desejo a uma saudação superficial entre amigos e familiares. Para muitos de nós, o beijo faz parte da primeira vez que somos apresentados ao planeta Terra, e muitas vezes também participa do nosso último adeus. Alguns beijos permanecem gravados para sempre em nosso coração e nossa mente, enquanto outros são esquecidos com a mesma rapidez com que foram dados. Embora sua verdadeira natureza tenha sido muitas vezes negligenciada tanto por cientistas como por leigos, o beijo tem sido uma das atividades mais importantes na nossa vida em todos os continentes e épocas.

Quando mencionei pela primeira vez a meus amigos e colegas que eu estava trabalhando neste livro, muitos se perguntaram o que poderia inspirar um projeto sobre a osculação – termo científico para "beijar". Eu inverti a pergunta: e por que não? Afinal, os antropólogos já haviam calculado há muitas décadas que o beijo era praticado por mais de 90% das culturas ao redor do mundo. Essa porcentagem provavelmente aumentou graças à globalização, à internet e à facilidade com que atualmente nos movimentamos por todos os hemisférios. Mesmo nas sociedades em que os casais não se beijam tradicionalmente, com frequência as pessoas têm comportamentos semelhantes, como lamber ou mordiscar os rostos e corpos do parceiro, o que torna o beijo uma prática com um significado evolutivo evidente, e seu estudo permitiria uma percepção do nosso passado coletivo e da fisiologia atual. E já que o beijo também deixa uma marca indelével na experiência humana, por que não explorar mais esse comportamento de todos os ângulos possíveis?

Minha jornada para escrever este livro começou em 2008. Na semana que antecedeu o *Valentine's Day**, escrevi um pequeno artigo intitulado "A ciência do beijo" para *The Intersection*, o blog da revista *Discover*, em que colaboro com o jornalista científico Chris Mooney. Para nossa surpresa, e porque a página foi muito divulgada na internet, o número de leitores aumentou vertiginosamente. Durante os dias seguintes recebemos milhares de visitantes, e choveram e-mails com perguntas. Que nunca mais pararam de chegar.

Por volta do *Valentine's Day* de 2009, eu havia coorganizado um painel de discussão sobre "A ciência do beijo" para o encontro anual, geralmente seriíssimo, da Associação Americana para o Avanço da Ciência. A imprensa enlouqueceu e não parou de pedir boletins informativos. Nosso simpósio sobre o beijo foi coberto pelas agências de notícias mais importantes, de National Geographic à CNN, e tornou-se manchete nos países do mundo todo.

---

* Nos Estados Unidos o *Valentine's Day*, ou Dia dos Namorados, é comemorado no dia 14 de fevereiro, enquanto no Brasil se comemora em 12 de junho. (N. T.)

Prefácio

Todos pareciam curiosos para ouvir o que um bando de cientistas tinha a dizer sobre algo que era tão obviamente importante para cada um de nós.

Enquanto as perguntas sobre o beijo continuavam, pesquisei alguns livros para saber o que se dizia lá fora. O resultado foi: não muito. Os manuais convencionais de "faça você mesmo" incluíam poucas respostas para minha lista crescente de perguntas. Eu queria algumas explicações concretas sobre por que beijamos, o que acontece com nosso corpo naquele instante e o que essa informação nos ensinaria sobre o beijo nos relacionamentos. Comecei a entrevistar especialistas, ler a literatura científica e coletar teorias. Algumas se concentravam nas interações químicas durante um beijo que ajudariam a determinar se escolhemos o parceiro certo. Outros tentavam descobrir as origens do beijo e analisavam as façanhas e preferências sexuais dos nossos ancestrais. No final, encontrei muitas pesquisas interessantes, mas todas fragmentadas.

Contudo, à medida que minha investigação progredia, a ciência das diversas áreas começou a convergir. Os neurocientistas, que tentam entender como nosso cérebro funciona, estavam interessados em conhecer os relatos dos endocrinologistas sobre as mudanças hormonais relacionadas ao beijo. Esses mesmos endocrinologistas, por sua vez, perguntavam o que eu ouvia dos antropólogos sobre comportamentos semelhantes em outros primatas, como chimpanzés e bonobos. Os antropólogos estavam curiosos em saber o que os fisiologistas descobriam sobre a reação física do corpo a um beijo. E assim por diante.

Mas o acesso à literatura científica sobre esse assunto apresentava seus próprios desafios. Muitas vezes

me deparei com diálogos desajeitados com algumas bibliotecárias idosas que eram mais ou menos assim:
– Poderia me ajudar a encontrar o artigo "Os fetiches e seus comportamentos associados"?
– Desculpe-me, você disse "fetiches"?
– Isso mesmo.
– Aqui está a ficha de referência, querida. Eu não vou perguntar para que você quer isso, mas tome cuidado.

Minha pesquisa também rendeu olhares curiosos intermináveis, às vezes incriminatórios, de estranhos enquanto eu revisava os relatos históricos e artísticos no meu laptop. Como se não bastasse, descobri que um monte de desinformações sobre o beijo circulava há anos sem nenhuma base científica. E depois havia as pesquisas incessantes que me fizeram perambular em territórios muito estranhos, como quando entrevistei um engenheiro de robôs sexuais e vi meu cérebro em um laboratório. Não preciso dizer que jamais imaginei no que eu estava me metendo quando decidi escrever este livro.

Felizmente, quando comecei a redigi-lo, uma coincidência fortuita levou-me a São Francisco, Califórnia, bem a tempo de alcançar Mary Roach, a autora de *Bonk: A Curious Coupling of Science and Sex* [Coito: a curiosa união de ciência e sexo], que fazia uma turnê sobre o livro. Fiquei aliviada quando ouvi suas dificuldades quando se deparava com situações constrangedoras semelhantes às minhas e ouvi atentamente enquanto ela discorria sobre os desafios para escrever sobre temas relacionados. Levei suas palavras muito a sério e me senti inspirada para prosseguir. Eu já havia sido influenciada pelas obras de pesquisadores pioneiros como Alfred Kinsey, William Masters, Virginia Johnson e muitos

Prefácio

outros. Se esses indivíduos corajosos conseguiram ir até o fim quando se tratava de explorar a sexualidade, eu certamente também poderia pelo menos almejar tocar a primeira base.

Eu não me incomodo que um livro sobre o beijo tenha deixado algumas pessoas muito espantadas. E foi com a mente aberta, vários cientistas a reboque como aliados e algumas ideias inspiradas que embarquei na minha jornada para entender o beijo... e aprendi muito mais do que jamais poderia ter imaginado.

Este livro conta a verdadeira história da troca mais íntima da humanidade.

Bjs,

Sheril Kirshenbaum,
janeiro de 2011

Qualquer homem que consegue dirigir com segurança enquanto beija uma moça bonita não está dando ao beijo a atenção que merece.

– Albert Einstein

A CIÊNCIA *do* BEIJO

Introdução

Os cientistas não sabem exatamente por que beijamos. Em parte, porque ainda nem sequer chegaram a uma conclusão definitiva sobre o que é um beijo. Ao contrário da maioria das outras áreas da pesquisa científica, não existe uma "taxonomia", um sistema de classificação, reconhecida para os diferentes tipos de beijos e comportamentos intimamente relacionados a eles. Além do mais, não nos deparamos com peritos remoendo números e valores sobre o beijo entre as culturas deste mundo, como os pesquisadores certamente fariam se quisessem encontrar uma relação entre os dados disponíveis. Por que há tão pouca análise sobre o ósculo? Talvez porque o beijo pareça algo tão comum que poucas pessoas fizeram uma pausa para refletir sobre seu significado mais profundo. Ou talvez se tenha evitado o assunto de propósito e ele nunca tenha sido analisado debaixo de um microscópio por causa dos desafios encontrados para interpretar o que um beijo realmente significa.

No entanto, o comportamento que reconhecemos como dar um beijo clama por uma explicação científica mais completa. Por exemplo, e de uma perspectiva puramente clínica, os microbiólogos diriam que é um meio para duas pessoas trocarem muco, bactérias e sabe-se lá mais o quê. Visualizar todos esses organismos microscópicos se movimentando e ciciando por nossa saliva não só não é nem um pouco romântico como inspira uma pergunta: por que essa forma de transferência de germes evoluiu? E por que é tão prazerosa quando a química dá certo?

Quando se trata do beijo, há também razões mais imediatas e pessoais para querer explorar a ciência. Ela pode ajudar-nos a entender até que ponto o beijo é realmente importante nos relacionamentos e se podemos aperfeiçoá-lo melhorando nossa técnica. Nascemos sabendo beijar ou é a prática que leva à perfeição? Os homens e as mulheres vivenciam o beijo da mesma maneira? Por que um beijo mal dado consegue terminar um relacionamento promissor subitamente, ao passo que um beijo bem dado pode ser o início de algo especial com a pessoa que menos esperamos?

Um beijo une dois indivíduos em uma troca de informações sensoriais por meio do paladar, olfato, tato, talvez até dos mensageiros químicos silenciosos chamados feromônios (sinais aéreos inodoros), e consegue fornecer todo tipo de percepção sobre a outra pessoa. Assim, mesmo quando nossa mente consciente não o reconhece, um beijo revela indícios sobre o nível de comprometimento de um parceiro ou de uma parceira, e talvez até sua aptidão genética para gerar filhos.

A reação do corpo humano ao beijo é apenas um dos muitos aspectos intrigantes dessa ciência. Contudo, de uma perspectiva evolucionista, os cientistas não conseguem chegar a uma conclusão definitiva sobre se os humanos beijam por instinto ou se, ao contrário, é um comportamento adquirido para expressar afeto. O debate remonta a ninguém menos do que Charles Darwin, o pai da biologia evolutiva. Em seu livro *A expressão das emoções no homem e nos animais**, publicado em 1872,

---

* São Paulo: Companhia das Letras, 2000. (N. E.)

Introdução

Darwin fez a interessante observação de que o beijo "[...] é substituído pela fricção dos narizes em várias partes do mundo". A seguir apresentarei uma diferença importante para os próximos capítulos: o beijo com os lábios e os vários comportamentos "parecidos com beijo", que talvez estejam relacionados a ele e tenham intenções semelhantes, ou até sejam os precursores do beijo romântico moderno.

A definição de um beijo é relativamente simples: ou é a posição boca a boca entre duas pessoas, ou é a pressão dos lábios em alguma outra parte do corpo do outro (ou de um objeto). Contudo, o comportamento "parecido com beijo" abrange uma categoria muito mais ampla que deveria incluir uma extensa gama de trocas entre as pessoas (ou os animais) centralizada no uso dos lábios e do rosto, e talvez algumas outras partes do corpo. Por exemplo, Darwin descreveu a prática – muito comum em várias culturas – de cheirar outra pessoa que está muito próxima para tentar reconhecê-la ou criar um relacionamento. No entanto, e apesar dessa diversidade cultural, Darwin sugeriu que, entre os vários tipos diferentes de beijos e outros comportamentos relacionados a ele encontrados no mundo, todos indicavam um desejo inato de sentir "[...] prazer pelo contato íntimo com uma pessoa querida".

Por conseguinte, e no seu sentido mais amplo, Darwin inferiu que o impulso de "beijar" era inato e, talvez, hereditário, ou, como diríamos hoje, estaria codificado nos nossos genes.

Atualmente alguns antropólogos discordam de Darwin afirmando que o beijo é um fenômeno puramente cultural, um comportamento aprendido e copiado ao observarmos a prática nos outros. A maioria dos especialistas, no entanto, parece compartilhar do ponto de vista original de Darwin, principalmente quando aplicam sua definição abrangente, que agrupa o beijo a práticas que incluem "[...] esfregar ou acariciar os braços, os seios ou o estômago", bem como "[...] um homem batendo no seu rosto com as mãos ou os pés de outra pessoa". Desse ponto vantajoso, os comportamentos "parecidos com beijos" parecem ser quase universais entre os seres humanos. Como veremos a seguir, existem muitos comportamentos semelhantes em outras espécies que, provavelmente, fazem parte da nossa herança evolutiva comum.

Com o intuito de explorar plenamente o beijo do ponto de vista científico, este livro se inspira na abordagem inicialmente popularizada pelo falecido etologista holandês Nikolaas Tinbergen. Tinbergen enfatizou que, para entendermos determinado comportamento, devemos fazer uma série de perguntas específicas a respeito. As respostas a essas perguntas não são mutuamente excludentes, pelo contrário, servem para informar umas às outras.

A Primeira Parte deste livro explora o que Tinbergen denominou "explicações evolucionárias" para o beijo, aquelas que se concentram na história do comportamento e do objetivo evolutivo. Nela descrevo as principais teorias que explicam como e por que os primeiros seres humanos começaram a unir os lábios. Fomos a primeira espécie no planeta a agir assim ou teríamos herdado o comportamento de um ancestral em comum com outros mamíferos? Ao compararmos o beijo humano com comportamentos semelhantes em outros animais obteremos uma percepção de como e por que o beijo surgiu.

Introdução

Em seguida examino o beijo ao longo da história dos seres humanos e das culturas modernas. No final desta pesquisa veremos que, embora os comportamentos "parecidos com beijo" assumam inúmeras formas e as normas relacionadas a ele variem consideravelmente entre as sociedades no mundo atual, o desejo básico de tocar outra pessoa com o rosto, a boca e, às vezes, com outras partes do corpo parece ser universal, exatamente como Darwin inferiu. Chegarei a uma conclusão em relação ao famoso debate "inato *versus* adquirido", mostrando que nossa forma de beijar está condicionada tanto por nossa biologia como por nossa cultura, e que o resultado é uma variedade fascinante de estilos, costumes e técnicas inigualáveis de beijos.

Em certo sentido, contudo, isso é apenas o prelúdio para o coração do livro. A Segunda Parte explora como o beijo é realmente experienciado pelo nosso corpo, uma análise que nos permitirá refletir sobre o que Tinbergen denominou "explicações proximais" para esse comportamento. Isso significa analisar o beijo em seu contexto imediato entre os indivíduos e tentar compreender as razões neurológicas, biológicas ou psicológicas subjacentes à motivação para o beijo. Também exploro como o ato de beijar afeta um indivíduo diretamente, e seu papel nos relacionamentos que ele escolhe ter e que ele escolhe não ter. E aprenderemos algumas das principais diferenças de como os homens e as mulheres percebem o beijo, bem como as informações ocultas que os beijos podem transmitir.

A Terceira Parte baseia-se nas lições que aprendi ao ir a um laboratório real para tentar fazer algumas novas descobertas sobre a ciência do beijo. Nesse caso, pedi a ajuda de um grupo de corajosos neurocientistas da

Introdução

Universidade de Nova York, que desenvolveram um novo experimento, denominado MEG – magnetoencefalografia –, empregando um aparelho científico de tecnologia de ponta cujo interior, no entanto, se assemelha a uma privada. A partir de então, damos uma olhada em como será o futuro do beijo neste nosso mundo cada vez mais interligado, digitalizado e até automatizado. Para finalizar, resumirei alguns temas apresentados ao longo do livro e darei alguns conselhos práticos baseados nas melhores pesquisas existentes sobre o beijo até agora.

As ideias e teorias sobre o beijo que você lerá nestas páginas podem ser inúmeras, porém, ao contrário dos programas populares, como *reality shows*, não precisamos eliminar necessariamente todas as alternativas para isolarmos um candidato vencedor. Em vez disso, examinaremos o beijo por meio de muitas lentes simultaneamente, e em breve você perceberá que é possível associar algumas áreas da ciência sem nenhuma relação aparente de maneiras inesperadas e intrigantes. No final desta jornada, você saberá muito mais sobre o que está por trás de um beijo, mas eu prometo que esse conhecimento não eliminará nem um pouco da sua magia.

Primeira Parte

À CAÇA DAS ORIGENS DO BEIJO

Eu me pergunto quem foi o idiota que inventou o beijo.

– Jonathan Swift

Capítulo 1

PRIMEIRO CONTATO

Quando se trata do primeiro beijo da humanidade, ou entre seus antecessores de outras espécies, nós não temos como saber exatamente como e por que o beijo aconteceu em tempos remotos. Afinal, há beijos de alegria, de paixão e desejo, de amor e carinho, de comprometimento e conforto, de cortesia social e obrigação, de tristeza e súplica. Seria tolice pressupor que todos esses diferentes tipos de beijos se desenvolveram a partir de um único comportamento ou de uma única causa. Hoje, provavelmente, beijamos por *múltiplas* razões, e não apenas por uma. De fato, os cientistas pressupõem que o beijo surgiu e desapareceu ao redor do mundo em épocas e lugares diferentes no decurso da história.

Portanto, embora certamente existam algumas teorias convincentes sobre o surgimento do beijo, ninguém pretende concluir que elas representem a verdade absoluta. Neste capítulo, examinaremos quatro dessas teorias, sendo que todas se baseiam em literatura científica.

Os cientistas propõem duas relações distintas entre o beijo e nossas experiências de alimentação na primeira infância. Eles também sugerem que o beijo teria surgido a partir da prática de cheirar outro indivíduo da espécie como forma de reconhecimento. Analisarei cada uma dessas teorias, mas começarei por aquela que talvez seja a mais intrigante de todas: a ideia de que esse comportamento se originou por causa de uma conexão complexa entre a percepção de cores, o desejo sexual e a evolução dos lábios humanos.

Os lábios de uma mulher deixam uma impressão indelével. Chamam a atenção para o rosto e anunciam seus atrativos em cores róseas profundamente matizadas. O efeito é ainda mais reforçado porque os lábios humanos são "revirados", ou seja, eles se franzem para fora. Essa característica nos distingue dos outros membros do reino animal. Ao contrário dos outros primatas, a superfície macia e carnuda dos nossos lábios permanece exposta, tornando sua forma e composição intensamente sedutora.

Mas o que os torna tão atraentes para que queiramos beijar os lábios de outra pessoa?

Uma teoria popular nos transporta para milhões de anos atrás, quando nossos antepassados precisavam encontrar comida no meio da mata e das folhagens. Era difícil achar alimentos calóricos, e perambular longe na selva era perigoso. Nesse contexto, alguns de nossos ancestrais desenvolveram uma capacidade superior para detectar cores avermelhadas, o que lhes deu a vantagem de poder localizar as frutas mais maduras que, por sua vez, os ajudaram a sobreviver por tempo suficiente para transmitir seus genes de detecção de cor para sua prole. O sinal "vermelho é igual a recompensa" implantou-se nos cérebros dos nossos antepassados durante muitas gerações, e essa cor continua atraindo nossa atenção hoje – algo que os profissionais de marketing conhecem e exploram regularmente.

Os psicólogos contemporâneos constataram que olhar para a cor vermelha acelera os batimentos cardíacos e o pulso, excitando-nos ou até mesmo "deixando-nos sem ar". De fato, o vermelho parece ser tão importante para os seres humanos que é sempre uma das primeiras cores mencionadas nas culturas antigas. Em seu livro *Basic Color Terms: Their Universality and Evolution* [Termos básicos de cor: sua universalidade e evolução], publicado em 1969, o antropólogo Brent Berlin e o linguista Paul Kay analisaram vinte línguas e determinaram que, depois que as culturas criaram as palavras para preto e branco (provavelmente porque ajudavam a diferenciar o dia da noite), vermelho era frequentemente a terceira palavra.

Mas como isso se relaciona com o beijo? O neurocientista Vilayanur S. Ramachandran, da Universidade da Califórnia, San Diego, sugere que depois que nossos antepassados foram condicionados a procurar a cor vermelha por uma recompensa em alimento, eles provavelmente verificavam a fonte dessa cor sempre que ela aparecia – inclusive nas partes da anatomia feminina. Com o passar do tempo, o vermelho talvez tenha sido utilizado como sinal de alerta para ajudar a incentivar outro comportamento essencial e agradável além de se alimentar: o sexual.

Pesquisas comparativas relacionadas à evolução demonstraram que nos primatas a cor da pele e dos cabelos evoluiu *depois* da percepção das cores. Em outras palavras, depois que nossos ancestrais desenvolveram a capacidade de detectar essa cor, ela foi enfatizada nos seus corpos, especialmente na região labial, servindo para indicar o período de pico da fertilidade de uma fêmea, o estro. As fêmeas que apresentavam os inchaços sexuais mais conspícuos provavelmente foram as mais bem-sucedidas em atrair os machos e transmitiram seus traseiros espalhafatosos para suas filhas. Hoje, não há como se enganar sobre quando fêmeas de diversas espécies estão prontas para acasalar. Segundo a primatologista Vanessa Woods, da Universidade Duke, Durnham, D.C., "as fêmeas bonobo parecem estar carregando suas próprias almofadas vermelhas presas nos traseiros para se sentarem quando se cansam".

Mas como foi que a atração pela cor vermelha das nossas regiões inferiores chegou aos lábios? O cenário mais provável é que, quando nossos ancestrais ficaram eretos, os corpos reagiram e sofreram muitas alterações, incluindo uma mudança na localização de sinais sexuais importantes. Com o passar do tempo, a deliciosa cor rosada, já tão atraente para os machos, passou dos nossos traseiros para nossos rostos por um processo chamado de cooptação evolutiva. E o olhar masculino a acompanhou.

É por isso que as fêmeas humanas não precisam anunciar o ciclo reprodutivo nas suas nádegas. Em vez disso, exibimos o que é chamado de "cio oculto". Porém, de acordo com essa teoria e segundo o zoólogo britânico Desmond Morris, nossos lábios são, literalmente, um "eco genital" e se assemelham aos lábios genitais femininos em sua textura, espessura e cor. É verdade que, quando os homens e as mulheres ficam sexualmente excitados, tanto nossos lábios como nossos órgãos genitais intumescem e se avermelham à medida que incham de sangue, tornando-se cada vez mais sensíveis ao tato.

Para testar a hipótese do "eco genital", Morris mostrou fotografias de mulheres usando diferentes cores de batom para voluntários do sexo masculino e pediu-lhes para avaliar a atratividade de cada uma. Os homens sempre escolhiam aquelas com os lábios vermelhos mais brilhantes (que pareciam mais excitantes) como as mais atraentes. Citando Morris: "Esses fabricantes de batom não criaram uma boca mais saliente; eles criaram um par de superlábios genitais".

E se um sorriso rechonchudo e rosado chama a atenção, isso provavelmente significa que os homens estão sendo recompensados por prestarem atenção – em um sentido evolutivo. Os lábios avermelhados naturalmente grandes de uma mulher fornecem pistas sobre sua fertilidade: eles incham quando ela atinge a puberdade e se estreitam com a idade. Vários estudos têm relacionado os lábios cheios a altos níveis de estrogênio nas mulheres adultas, sugerindo que eles servem como um indicador confiável de sua capacidade reprodutiva.

Não é de se admirar que em todas as culturas os homens afirmem que nas mulheres os lábios mais cheios são um trunfo, e que elas, por sua vez, reconheçam há milênios seu poder em realçá-los. O primeiro registro de batom remonta há cinco mil anos, da região da Suméria, e os antigos gregos, egípcios e romanos utilizavam corantes e vinhos encorpados para tingir os lábios.

Atualmente, os homens continuam reagindo ao estímulo de uma boca sensual, e muitas mulheres estão ansiosas – para não dizer desesperadas – para atingir proporções semelhantes àquelas dos lábios da Angelina Jolie. Não só 75% a 85% das mulheres americanas usam batom, como também levam a obsessão a novos extremos. Compram enchimentos para conseguir o "efeito picada de abelha" e irritam de propósito as membranas exteriores dos lábios com qualquer coisa, desde canela até alfa-hidroxiácido e retinol. Revestem as bocas com fórmulas de glândulas de ovinos e aplicam injeções regulares de enchimentos e gordura. Algumas mulheres chegam a fazer dolorosos procedimentos cirúrgicos para implantar tiras de Gore-Tex* nos lábios, procedimento que se tem tornado cada vez mais popular (mesmo que às vezes o companheiro consiga sentir as tiras durante o beijo). No final, as mulheres estão pagando bilhões de dólares por um resultado que parece estar sendo movido pelos mesmos impulsos que atraíram inicialmente nossos ancestrais primatas para a fruta madura.

Seja como for, é verdade que a ciência sugere que todos os cremes e brilhos sofisticados realmente funcionam... até certo ponto. Segundo o psicólogo Michael Cunningham, da Universidade Louisville, os homens realmente preferem lábios maiores. No entanto, eles também mencionam que lábios com aparência artificial lhes causam rejeição, porque sugerem que o tamanho da boca da mulher é mais importante do que os outros traços do rosto. Portanto, quando as proporções naturais dos lábios são alteradas por uma cirurgia plástica, o resultado pode ser menos atraente do que o pacote original. A verdade é que nossos lábios provavelmente evoluíram para parecerem como são porque provocam uma atração sexual magnética.

Mas ainda temos muito chão (e rosto) pela frente na nossa busca para compreender as origens do beijo.

---

* Fibra sintética impermeável com diversas aplicações, como implantes e enxertos médicos, fabricação de roupas impermeáveis e isolantes elétricos. (N. T.)

Primeiro contato

Para a teoria seguinte, devemos levar em consideração o desenvolvimento de um bebê humano. Durante o primeiro trimestre no útero, ele desenvolverá lábios reconhecíveis, sendo que foram observados fetos chupando o dedo antes mesmo de nascerem. Após o parto, os recém-nascidos descrevem imediatamente com suas bocas a posição de como se quisessem mamar, o que, em um sentido mecânico, corresponde ao movimento associado ao beijo.

Ao constatar isso, Desmond Morris teve outra ideia sobre nossos lábios: além do "eco genital", ele se interessou em como sua forma os torna tão bem adaptados para sugar o leite do peculiar seio humano.

Quando nossos ancestrais começaram a ficar eretos, os lábios vermelhos não foram o único sinal sexual que migrou por nossos corpos. Os seios femininos também ficaram mais pronunciados, espelhando a aparência das nossas nádegas. Embora todos os mamíferos forneçam leite para seus filhotes através da amamentação, o peito humano arredondado tem um contorno único. Ao contrário das espécies cobertas de pelo, os seios nus de uma mulher sobressaem e chamam a atenção para os mamilos.

Durante a gravidez, os seios incham e ficam sensíveis. Quando o bebê nasce, a mãe o segura junto ao corpo na hora de mamar, e o recém-nascido reage engolindo o mamilo na sua boca. Isso estimula o comportamento de sucção enquanto o bebê ingere os nutrientes vitais necessários para seu crescimento. O ato de mamar é extremamente prazeroso para a criança, e as novas mães reconhecem rapidamente que é uma ótima maneira para acalmar e confortar um bebê agitado.

Dada a importância crítica de manter as crianças bem nutridas, não surpreende que a evolução tenha formado o mamilo e os lábios humanos para que se encaixem confortavelmente um no outro. Além disso, a amamentação desenvolve uma profunda ligação entre a mãe atenta aos cuidados com o neonato e o bebê completamente dependente por meio de uma avalanche de mensageiros químicos no seu cérebro, os neurotransmissores (que explicarei mais adiante, no Capítulo 5). Esse é o primeiro encontro com a segurança e o amor, e Morris considerou a hipótese de que associamos a pressão dos lábios com esses sentimentos durante toda nossa vida. Mais tarde, procuraremos experiências similares em outros relacionamentos, e o beijo servirá para criar uma ligação especial entre os membros da família e entre amantes. Ele nos permite transmitir carinho e afeto e nos expressar de uma maneira que começamos a vivenciar na infância.

Muito tem sido publicado sobre a importância da relação entre mãe e filho e como ela é capaz de ordenar outros encontros ao longo da nossa existência. Alguns leitores notarão que, de acordo com a teoria da origem do beijo, o impulso para beijar começa na infância. Uma vez privada do seio da mãe, a criança procurará sensações prazerosas semelhantes durante toda a vida, chupando o polegar ou tendo outros comportamentos. Como afirmou Freud, "a inferioridade dessa segunda região [o polegar] é um dos motivos que a levará, mais tarde, a buscar a parte correspondente, os lábios em outra pessoa. ('Pena eu não poder beijar a mim mesmo', dir-se-ia subjazer a isso.)"*. Segundo Freud, passamos a vida toda tentando retornar para o seio de nossa mãe.

---

* FREUD, S. Três ensaios sobre a teoria da sexualidade, in *Obras psicológicas completas de Sigmund Freud*. Vol. VII. Imago, 2006. (N. T.)

Primeiro contato

A grande diferença entre os pontos de vista de Freud e Morris é que, enquanto Freud considera o beijo um sintoma da privação do seio, Morris descreve-o como uma forma de reacender as experiências positivas da infância. Apesar de não termos lembranças claras dos nossos primeiros anos, é provável que franzir os lábios para mamar no abraço reconfortante da mãe tenha um impacto duradouro sobre nós porque o contato labial se entrelaça com sentimentos de amor e confiança.

CLARO QUE HÁ MUITO mais na alimentação de uma criança em crescimento além do leite materno ou das fórmulas, e as teorias sobre o beijo no estágio de desenvolvimento após a infância também abundam.

Durante milhares de anos, a "pré-mastigação" – o ato de pré-mastigar um alimento para outra pessoa – serviu como meio principal para alimentar as crianças, na sua maioria bebês indefesos. Uma mãe pré-mastigadora coloca sua boca sobre a boca do filho e separa os dois lábios. Depois, ela pressiona o alimento macio entre eles com a língua.

Embora essa prática pareça pouco apetitosa para algumas pessoas, é importante lembrar que as mães tinham muito menos opções durante a maior parte da sua existência do que agora. Daniel e Dorothy Gerber só começaram a preparar manualmente papinhas para bebês com alimentos sólidos em 1927, e as mercearias com estoques de potes de purê de ervilhas começaram a salpicar em nossas paisagens muito recentemente. A pré-mastigação era a maneira mais prática para fazer o desmame das crianças antes que formassem uma dentição completa.

Os registros escritos sobre alimentos pré-mastigados remontam ao Antigo Egito. No entanto, é provável que os seres humanos tenham se alimentado dessa maneira desde épocas pré-históricas e que, na realidade, esse comportamento talvez decorra dos nossos ancestrais não humanos, como os grandes símios. Ele também ocorre em outras espécies do reino animal, como veremos no próximo capítulo.

Na verdade, a pré-mastigação ainda persiste entre as culturas humanas modernas. Um estudo recente mostrou que em 39 das 119 culturas contemporâneas examinadas as pessoas pré-mastigam uma grande variedade de substâncias, como, por exemplo, durante a troca de alimentos, nos rituais de cura, na prevenção de doenças, entre outras. No entanto, é importante observar que o beijo não está necessariamente presente em todas as culturas em que ocorre a pré-mastigação. Por exemplo, a pré-mastigação era muito praticada entre os pigmeus *ituri*, no Congo, sendo que o beijo na boca era aparentemente desconhecido entre esses povos até a chegada dos europeus.

Não obstante, e tal como a amamentação, a pré-mastigação pode criar uma base para o futuro comportamento de beijar. Já vimos como a estimulação oral na infância ajuda a desenvolver os sentimentos amorosos e as ligações fortes. Na sua essência, a teoria sobre a pré-mastigação é apenas uma extensão dessa lógica. Uma vez terminado o estágio da amamentação, a criança continua a se desenvolver e receber os cuidados de uma mãe amorosa, sendo que agora a estimulação oral é feita boca a boca. O vínculo intenso torna-se central com o contato com os lábios – e é muito provável que se crie um padrão de reações comportamentais e emocionais para ajudar a incentivar o beijo mais tarde na vida da criança.

Primeiro contato

Então, é possível que o beijo romântico e apaixonado entre amantes tenha surgido por causa das carícias repetidas entre mães e filhos.

AS HIPÓTESES DE AMAMENTAÇÃO e pré-mastigação sugerem que nosso velho guia de intimidade talvez se refira a algo muito menos romântico, como mamar no peito da mãe, compartilhar alimentos pré-mastigados junto com a saliva ou alguma combinação de ambos. No entanto, também há indícios de que o beijo tenha se originado de uma característica facial muito diferente: nosso nariz. A variante do beijo entre amigos e familiares teria começado com uma *fungada*.

Os seres humanos têm glândulas odoríferas subcutâneas poderosas que dão a cada um de nós um cheiro individual. Os cientistas observaram que, mesmo na infância, os seres humanos usam o nariz para identificar relacionamentos importantes. Por exemplo, os recém-nascidos amamentados no peito são capazes de reconhecer o cheiro natural da mãe, enquanto os bebês alimentados com mamadeiras não desenvolvem essa habilidade.

De modo semelhante, muitos antropólogos acreditam que os primeiros "beijos" foram dados com nossos narizes em vez de nossos lábios, ao inalarmos de perto o cheiro das bochechas dos nossos entes queridos. Muitas culturas antigas se habituaram ao que conhecemos como "beijo oceânico", assim chamado para descrever a saudação tradicional entre os povos da Polinésia. Nesse "beijo", a pessoa toca seu nariz nas laterais do nariz do outro em um movimento de vaivém para sentir seu cheiro e identificá-la, o que provavelmente serve como um meio confiável para reconhecer e reconectar-se com parentes e amigos, e talvez até fornecer indícios sobre a saúde da pessoa.

Com o passar do tempo, essa prática passaria a ser acompanhada por um roçar dos lábios – o que acabou evoluindo para o beijo como uma saudação. Isso teria iniciado a tradição do beijo social, quando encontramos e cumprimentamos amigos e membros da comunidade e transmitimos a mensagem de que estamos contentes em vê-los ou sentimos sua falta.

É importante observar que, havendo intenções românticas ou não, para beijar ou cheirar outra pessoa no rosto ou em outro lugar é necessário penetrar no seu "espaço pessoal". Para chegar tão perto, é preciso que haja algum grau de confiança ou expectativa. Por conseguinte, dar ou receber um beijo, ou dar uma fungada amigável, equivale a um gesto tácito de aceitação mútua.

O mais impressionante em relação à teoria do cheiro é o fato de haver muitos relatos sobre essa saudação em povos indígenas. Em 1883, por exemplo, o explorador Alfred S. Johnston, da companhia mercantil britânica South Seas, publicou o livro *Camping Among Cannibals* [Acampando entre os canibais], no qual descreve como um membro de uma tribo das Ilhas Fiji cheirou sua mão para expressar uma saudação e uma despedida "cortês e respeitosa". Encontramos outro exemplo na descrição de Charles Darwin sobre o assim chamado beijo malaio:

> As mulheres se agacharam com os rostos voltados para o alto; meus ajudantes, que estavam em pé, debruçaram-se sobre elas, e apoiaram a ponte dos narizes sobre os seus e começaram a esfregá-los. Durou um pouco mais do que o nosso caloroso aperto de mão. Durante esse processo, elas soltaram um grunhido de satisfação.

Primeiro contato

Ainda hoje, muitas culturas continuam demonstrando afeto ao cheirar um ente querido na bochecha. O *kunik*, tradicional entre os *inuit* canadenses, ou "o beijo esquimó", realmente não implica esfregar os narizes, como se acredita em geral; ao contrário, é uma espécie de carícia-cheiro. Para dar um *kunik* corretamente, você pressiona as narinas contra a pele de um ente querido e inspira, sugando a pele do destinatário entre seu nariz e o lábio superior. Os maoris da Nova Zelândia praticam um costume semelhante.

Então, seria um hábito mais antigo de cheirar realmente a razão pela qual beijamos hoje, principalmente para cumprimentar pessoas? Não é uma possibilidade tão estranha se considerarmos que experimentar o cheiro de outra pessoa é um impulso primordial, mesmo se não estiver mais em conformidade com as maneiras educadas. Como veremos a seguir, as pesquisas em laboratório descobriram que os seres humanos preferem o cheiro de um parceiro ou de seus filhos ao de estranhos, o que sugere que o cheiro fornece indícios importantes para nossos relacionamentos. Como os seres humanos desenvolveram habilidades linguísticas mais aprimoradas, é provável que o cheiro tenha se tornado menos necessário para reconhecer os parentes, mas se manteve como um meio importante para fortalecer os vínculos entre as pessoas.

Hoje é evidente que, em geral, começar a cheirar o outro despudoradamente não seria muito bem aceito, e sim considerado ofensivo, embaraçoso, ou pior. No entanto, durante grande parte de nosso passado coletivo, cheirar outra pessoa talvez fosse considerado um comportamento perfeitamente normal entre amigos e conhecidos. Contudo, e embora não o admitam, é algo que muitas pessoas ainda fazem quando cumprimentam alguém que acabaram de conhecer ou quando entram numa casa estranha.

COMO JÁ VIMOS, existem inúmeros caminhos evolutivos possíveis para explicar as origens do beijo. As hipóteses que analisei talvez tenham funcionado individualmente para promover o beijo, ou se complementado mutuamente e se sobreposto. Mas não importa quando ou onde tudo começou, porque restam poucas dúvidas de que, uma vez iniciado, o beijo foi drasticamente reforçado.

O estudo da antropóloga Helen Fisher, da Universidade Rutgers, Nova Jersey, sugere que, no final, a supremacia do beijo foi incentivada por nossos cérebros. Fisher propõe que esse comportamento tenha evoluído para facilitar três necessidades essenciais: o impulso sexual (*desejo*), o amor romântico (*atração*) e o sentimento de tranquilidade e segurança (*apego*). O impulso sexual nos encoraja a encontrar parceiros, o amor romântico nos leva a nos comprometermos com uma pessoa, e o apego nos mantém juntos por tempo suficiente para que geremos um filho. Essas não são fases, mas sistemas cerebrais que podem atuar em conjunto ou separadamente. Cada um está envolvido em fomentar a reprodução e o beijo reforça todos os três, incentivando os relacionamentos íntimos.

O raciocínio de Fisher sugere que, seja qual for o *meio* pelo qual o beijo chegou a nós, sua permanência pode ser rastreada pelo seu progresso entre as principais necessidades humanas e sociais de reprodução. É provável que o beijo tenha surgido em cada cultura humana diferente em parte por causa dos instintos enraizados em nosso passado evolutivo, mas também que tenha sido influenciado pelas normas sociais singulares entre os povos, dando-lhe um molde muito diversificado em lugares diferentes.

Os seres humanos não são os únicos que trocam saliva e gestos afetuosos ou praticam o beijo e comportamentos "parecidos com beijo". Muito antes da nossa chegada várias outras espécies se lambiam, aconchegavam, acariciavam etc; e seus comportamentos eram paralelos aos nossos de muitas maneiras, e muitas vezes pareciam ter um objetivo semelhante. No próximo capítulo, examinaremos o reino animal e o "beijo" entre as criaturas aquáticas, peludas, viscosas e espinhosas com as quais compartilhamos o planeta. Nisso podemos encontrar provas adicionais de que, independentemente de como o beijo tenha sugido, comportamentos semelhantes são compartilhados não apenas entre as culturas humanas, mas em todas as espécies – um forte indício de que, apesar de toda a variabilidade, mordiscar e aconchegar-se estariam enraizados na nossa linhagem evolutiva consuetudinária junto com o resto da vida na Terra.

NEM TODAS AS PISTAS ESTÃO ESCONDIDAS

Em 2007, uma equipe de psicólogos da Universidade do Novo México, Albuquerque, publicou um artigo sugerindo que, apesar de o estro – ou "o auge do período fértil" – ser oculto nos seres humanos, os homens são capazes de detectá-lo em um nível subconsciente. Os pesquisadores descobriram um modo brilhante para analisar esse caso examinando as gorjetas recebidas por dezoito dançarinas de clubes só para homens.

Durante dois meses, essas mulheres (cerca de 5.300 dançarinas de lap dance) anotaram o total de horas entre o início e o fim dos seus turnos e o total das gorjetas que receberam. Os resultados foram intrigantes: elas ganhavam, em média, 70 dólares por hora quando ovulavam; 35 dólares por hora quando menstruavam; e 50 dólares por hora nas semanas intermediárias. Vale observar que aquelas que praticavam o controle da natalidade não tiveram altos ganhos.

Apesar de os cientistas da Universidade do Novo México não saberem exatamente o que fazer com esse resultado, e de o tamanho da amostra ser limitado, ele sugere que, embora as mulheres modernas não mostrem suas nádegas rosadas ostensivamente, o estro não passa completamente despercebido na nossa espécie.

Capítulo 2

FEBRE DA SELVA

Na República Democrática do Congo, Bandaka, um bonobo macho, jovem e corajoso, vivia no Santuário Lola ya Bonobo. Como muitos garotos da sua idade, ele gostava de implicar com as meninas, e muitas vezes a pobre Lodja era sua vítima. Bandaka puxava seu pelo e tomava seus brinquedos, agindo como uma besta selvagem na creche do santuário. Como a matriarca do grupo não disciplinava Bandaka pelo mau comportamento, essa situação se manteve assim durante um bom tempo.

Em 2006, Bandaka e Lodja foram transferidos para o nível dos adolescentes do Santuário. Quando Bandaka se comportava mal, o líder do grupo o obrigava a ficar quieto. Depois de uma repreensão particularmente violenta, Bandaka fugiu para o mato chorando, e os outros bonobos mantiveram distância dele. Nesse instante, porém, uma amiga totalmente inesperada se aproximou de Bandaka. Vanessa Woods observou Lodja envolver seu antigo inimigo nos braços e confortá-lo delicadamente com um beijo. O casal passou o resto do dia junto enquanto Bandaka limpava seu pelo. Finalmente haviam se tornado amigos.

Beijo de um bonobo

A história comovente de Bandaka e Lodja é um caso clássico de comportamento de beijo e demonstra como os outros animais manifestam seu afeto por razões semelhantes às nossas — o que não é surpreendente se considerarmos que os seres humanos e os bonobos compartilham cerca de 98,7% do DNA.

Como os bebês humanos, os bonobos também mamam fazendo beicinho com os lábios. Os pais também foram observados beijando-alimentando seus filhotes. Mais tarde, os adultos tornam-se ávidos beijoqueiros de boca aberta. Meu exemplo favorito é o do antropólogo Frans de Waal, que conta a história de um guarda de um jardim zoológico que inocentemente se aproximou para aceitar um beijo de saudação de um bonobo e ficou muito espantado quando sentiu uma segunda língua em sua boca!

Assim como nós, os bonobos beijam por várias razões. Conhecidos como os mais amorosos dos grandes símios, eles muitas vezes usam o sexo em vez da agressão para resolver os conflitos na sua sociedade matriarcal.

Eles beijam para se sentir seguros e para consolidar seus relacionamentos com os outros membros da comunidade. Os bonobos também foram observados trocando beijos depois de um aviso de perigo ou de levar um susto, e muitas vezes para demonstrar sua excitação depois de uma algazarra na comunidade. Em relação aos beijos, eles estão entre os praticantes mais prolíficos da natureza. Woods relata ter visto bonobos no Congo se beijando e mordiscando sem parar durante quase doze minutos.

Os bonobos são apenas um dos grupos de beijoqueiros no reino animal. Charles Dickens não poderia estar mais errado quando escreveu: "O homem é o único animal que sabe beijar". Existem quase tantas maneiras de os animais trocarem um "beijo" quanto há espécies, e muitas vezes eles o fazem para expressar afeto, mostrar submissão, resolver disputas e muito mais. No entanto, aqui é necessário avisar: os cientistas comportamentais consideram extremamente difícil descrever a vida emocional de animais que não os seres humanos. As várias espécies processam as informações e interpretam o mundo de inúmeras maneiras, e é impossível para um ser humano "saber" o que outro animal sente e pensa em qualquer sentido significativo do termo.

Por conseguinte, os cientistas se esforçam para evitar palavras como "amor" para descrever as relações entre os animais que observam. Em vez disso, usam termos como "preferência por um companheiro" ou "proceptividade seletiva" para explicar como as outras espécies se interligam ou acasalam. Da mesma forma, não podemos assumir que as outras espécies são motivadas pelos mesmos fatores que nós para os comportamentos "parecidos com beijo". Contudo, não há dúvida de que usam inúmeros gestos afetuosos, por vezes agressivos, muito parecidos com o beijo humano.

Os alces e os cães da pradaria esfregam os narizes. Os peixes-boi mordiscam seus parceiros. As toupeiras esfregam os focinhos, as tartarugas batem com as cabeças. Os porcos-espinhos acariciam os narizes — uma das poucas partes dos corpos sem espinhos. As ratazanas se tocam nos focinhos e os gatos lambem a cabeça uns dos outros. As girafas "namoram" enroscando seus pescoços compridos e os elefantes exploram seus corpos com as trombas. Muitas espécies de morcegos costumam usar a língua durante o namoro.

Esses comportamentos não são analogias perfeitas em relação ao beijo entre os seres humanos, mas prestam-se a um objetivo semelhante ao aproximar dois indivíduos para se cortejarem, se unirem ou entrarem em conflito. Essas atividades entre os animais assumem muitas formas, porém todas envolvem uma troca de sensações, cheiros e/ou tato, e servem para definir os relacionamentos entre os amigos, companheiros, inimigos e familiares, ou, em casos raros, os membros de duas espécies distintas.

De fato, observamos tantas criaturas diferentes envolvidas em comportamentos "parecidos com beijo" que provavelmente deve haver alguma vantagem adaptativa em tudo isso. O processo evolutivo é impulsionado pela reprodução, que, por sua vez, é estimulada pela proximidade entre os organismos envolvidos. Não importa se nossos companheiros animais "beijam" para expressar alegria, contentamento, amor, paixão ou um confronto, porque, no final, trata-se de um meio socialmente significativo para entrar em contato com outro bonobo, cachorro ou porco-espinho. Esses "beijos" reforçam as ligações, o reconhecimento de *status* ou um ato de autopreservação. Em geral, todas essas atividades ajudam a perpetuar a espécie.

AGORA EXAMINAREMOS MAIS de perto alguns dos exemplos mais marcantes e inesquecíveis de comportamentos "parecidos com beijo" em outras espécies, começando por aqueles que se relacionam mais conosco e continuando a partir daí.

Da mesma maneira como entre os seres humanos e os bonobos, o beijo também alivia a tensão para vários outros símios. Os chimpanzés beijam com a boca aberta, mas não com a língua, e a primatologista Jane Goodall relatou que às vezes fazem uma careta e tocam os lábios quando se cumprimentam. Como entre os bonobos, os beijos dos chimpanzés ocorrem por várias razões, principalmente quando ficam excitados na presença de alimentos.

É certo que quando os chimpanzés beijam são incapazes de sentir as mesmas sensações prazerosas que os seres humanos, porque seus lábios são mais estreitos e não franzem para fora. Consequentemente, eles não beijam nos mesmos contextos que nós; é provável que os beijos entre os chimpanzés não sejam um símbolo de intimidade sexual, mas uma expressão dos relacionamentos entre os membros da comunidade, semelhante a um abraço humano. A maioria das observações de chimpanzés se beijando envolve uma troca rápida entre as fêmeas. Segundo Frans de Waal, esse beijo serve muitas vezes para restabelecer os vínculos e os relacionamentos – ou seja, os seres humanos não são os únicos que "beijam e reatam" depois de uma briga com amigos e familiares.

Contudo, o beijo e os comportamentos "parecidos com beijo" certamente não se limitam aos grandes macacos. Outro exemplo óbvio é encontrado entre os nossos melhores amigos: os cães. Eles realizam grande parte de suas atividades sociais farejando outros cães – uma analogia canina relacionada às saudações cheiradas que observamos em algumas sociedades humanas. A maioria dos leitores certamente já foi lambida alguma vez por um cachorro de estimação, às vezes nos cantos e recantos mais esquisitos. Os caninos se lambem, lambem seus donos e muitas outras pessoas, lugares e coisas. Se for um substantivo, os cães provavelmente também o lamberão. Certamente não é um "beijo" clássico, não tem nenhum significado romântico e nem é uma demonstração de afeto obrigatória. Em vez disso, para os cães, lamber representa uma forma de saudação e de cuidado com o pelo. Expressa ainda o reconhecimento da hierarquia social quando os subordinados lambem os indivíduos dominantes. Portanto, na próxima vez que lhe acontecer, considere-o um elogio.

Os cães não são os únicos que lambem. Em muitas espécies animais é um modo de cuidar da pelagem. Como o behaviorista de animais Jonathan Balcombe explica em seu livro *Pleasurable Kingdom* [Reino agradável], os cientistas observaram que o ato de lamber acalma os cavalos, as vacas, os gatos, os macacos e muitos outros animais. A pelagem desses animais protege-os dos parasitas e da sujeira, e muitos casais da mesma espécie passam horas limpando o pelo do parceiro.

Entre os mamíferos, um dos "beijos" mais desconfortáveis é o da foca-elefante, um grande animal marinho muito conhecido por causa do seu nariz bulboso excepcionalmente longo. Quando uma foca-elefante quer acasalar, ela apoia a nadadeira por cima de um dos lados da fêmea e prende seu pescoço com os dentes. Não é o que poderíamos considerar um encontro dos mais românticos, porém parece funcionar para a espécie. Os leões também tendem a dar o que só pode ser descrito como uma "mordida de amor" bastante agressiva durante as relações sexuais.

Foto: Nicolas Devos

E não são apenas nossos parentes mamíferos que beijam ou criam vínculos com comportamentos que parecem intimamente relacionados aos nossos. Por exemplo, muitas espécies de pássaros acariciam-se carinhosamente com os bicos – os golfinhos também (com um tipo de bico diferente, é claro). Esse "afagar dos bicos" se assemelha ao beijo entre os mamíferos ou os seres humanos quando os parceiros se acariciam.

Considerando que muitas espécies, como os papagaios e os corvos, acasalam para sempre, não surpreende que alguns pássaros fiquem tão apaixonados. Geralmente, o casal se emparelha num poleiro, e um pássaro cuida da penugem do outro e o alimenta. Mas como, diferentemente dos seres humanos, eles não compõem sonetos românticos, o afeto físico serve para expressar sentimentos semelhantes. Por outro lado, muitos papagaios de estimação adotam seus donos como "companheiros" e mordiscam seus lábios com ternura, expressando sensibilidade e adoração.

EM TODO O REINO ANIMAL existe um outro lado do "beijo" que não é muito bonito, mas cujo objetivo é vital e análogo ao processo de pré-mastigação: a regurgitação. O etologista Nikolaas Tinbergen, da Universidade de Oxford, Inglaterra, estudou o comportamento das gaivotas-prateadas, em que os filhotes bicam o ponto vermelho bem visível no bico brilhante e amarelo dos pais como se estivessem "beijando" a mãe ou o pai para serem alimentados. Querendo descobrir o que provocava esse "beijo" para obter comida, Tinbergen mostrou a alguns filhotes várias cabeças de gaivotas de papelão que se diferenciavam pela cor, forma e localização do ponto vermelho. Os resultados revelaram que os filhotes de gaivotas nascem com uma preferência por objetos compridos e amarelos com pontos vermelhos que permitem a essas jovens aves um meio de obter o sustento desde o nascimento sem passar por uma aprendizagem. A regurgitação pode parecer asquerosa, mas para as gaivotas bebês conseguirem que um dos pais cuspa o alimento para fora, esse processo representa, literalmente, o "beijo" da vida.

Essa forma de alimentar os filhotes é encontrada entre as aves, desde o íbis ao albatroz, embora alguns mamíferos, como os lobos, tenham um comportamento semelhante. Os filhotes famintos cutucam e lambem os focinhos dos adultos para estimular a regurgitação e conseguir se alimentar. Pode não ser apetitoso, mas é eficaz. Outros grandes símios, gatos, cães e alguns mamíferos marinhos também alimentam seus filhotes usando alguma forma da transmissão de alimentos boca a boca.

E há ainda outros "beijos" de animais pelo mundo afora. Por exemplo, o beijador*, um grande peixe tropical de água doce encontrado na Tailândia e na Indonésia, frequentemente toca seus lábios nos lábios dos outros peixes como um sinal de agressão ou durante a alimentação, o namoro ou uma disputa. Outras espécies de peixe mordem e cutucam seus adversários durante um combate. Os caracóis, por sua vez, devem ser as criaturas mais sensuais entre todas: eles se engancham um no outro e se massageiam mutuamente pelo corpo todo.

Mesmo se nunca formos capazes de compreender plenamente as motivações das outras espécies, ou como elas interpretam o mundo, as observações de como beijam e dos comportamentos estreitamente relacionados ao beijo sugerem que seriam limitadas demais para resumir e explicar as meras estratégias de sobrevivência e reprodução. Além do mais, os animais muitas vezes exibem comportamentos individuais exclusivos que não são encontrados em outros membros da comunidade. Alguns tocam os lábios, bicos, focinhos ou as trombas, enquanto

---

* Nome científico: *Helostoma temminckii*. (N. E.)

outros manifestam um sentimento semelhante de maneira muito diferente. Portanto, não devemos supor que os comportamentos registrados nos exemplos do "beijo" entre os animais descritos anteriormente representem 100% de uma espécie inteira. Afinal, nossos encontros com o "beijo" entre os animais foram, por força das circunstâncias, muito limitados em relação à abundância de vida no planeta.

Além disso, a descrição desses inúmeros estilos insólitos, divertidos e fascinantes de "beijar" encontrados no reino animal mal arranha a superfície do que existe lá fora, se levarmos em conta que os cientistas avaliam haver algo de três a trinta milhões de espécies na Terra. O que é evidente, e muito provável, é que a evolução está por trás de todos esses comportamentos, unindo os indivíduos em função de uma ampla variedade de razões importantes.

Mas se a pesquisa das provas do reino animal, em combinação com os relatos sobre a evolução, sugere uma profunda base biológica para os comportamentos "parecidos com beijo", a cultura também é um fator fundamental para determinar exatamente a forma que um beijo assume em um lugar e hora específicos. Nos dois capítulos seguintes, examinaremos o magnífico espetáculo do beijo entre os povos europeus e não europeus, indo o mais próximo possível do que conseguirmos vislumbrar dos primórdios da humanidade.

Durante esse processo, veremos que os seres humanos se tornaram excelentes em beijar. Pelo menos é evidente que nossa espécie teve milhares de anos para desenvolver, aprimorar e difundir esse comportamento na sua forma predominante, o atual beijo na boca.

O BEIJO DE KOKO

Koko, uma gorila fêmea das planícies, nasceu em 1971 e, durante toda sua vida, foi sujeito do mais longo experimento contínuo sobre linguagem já realizado com um membro de uma espécie diferente da nossa. Dra. Penny Patterson ensinou a Koko mais de mil sinais. Koko também consegue entender cerca de duas mil palavras de inglês falado. Entre seu vocabulário extenso, há sinais e vocalizações para "beijo".

Quando chegou a hora de encontrar um parceiro adequado para Koko, dra. Patterson mostrou-lhe um vídeo de gorilas machos que viviam em jardins zoológicos para que decidisse qual deles queria conhecer. Os gorilas gostam de escolher seus próprios parceiros, então poderíamos dizer que Koko estava "escolhendo um namorado virtual". Segundo os pesquisadores, Koko dava um sinal positivo ou negativo com o polegar para cada indivíduo, conforme ela gostasse ou não do que via, quer dizer, até o momento quando Ndume, um macho de 180 quilos do Jardim Zoológico de Brookfield, Chicago, apareceu no monitor. Koko pressionou os lábios diretamente na sua imagem na tela e os cientistas não tiveram nenhuma dúvida de quem ela preferia.

Capítulo 3

BEIJE MEU PASSADO

Olhar para o céu à noite é como olhar para o passado. Aqui na Terra a luz viaja de um ponto a outro tão velozmente que é difícil perceber quanto tempo leva. Em contrapartida, no espaço sideral as distâncias são tão imensas que são medidas pelo período de tempo necessário para que vá de um ponto a outro. Os físicos cronometraram a velocidade da luz em 9.460.730.472.580,8 quilômetros por ano – extremamente rápida. Mesmo assim, a luz das estrelas que vemos brilhando à noite no céu demora um tempo incalculável para chegar até nós.

Em julho de 2009, o Telescópio Espacial Hubble capturou esta imagem da NGC 6302, também conhecida como a Nebulosa da Borboleta, localizada a 3.800 anos-luz de distância na constelação de Escorpião *(veja a imagem na p. 62)*.

Portanto, é possível que o primeiro "beijo" galáctico tenha ocorrido há muito tempo e tenha sido composto de matéria estelar.

Voltando à Terra, a impressão de lábios humanos foi observada por classicistas e antropólogos em um período muito menor: apenas alguns milênios. Nesse período, tanto o significado do beijo, sua popularidade e inúmeras modalidades quanto as normas culturais e as expectativas sociais das pessoas envolvidas têm variado drasticamente. Hoje em dia muitos estilos antigos de beijos soariam e pareceriam muito esquisitos para nós. No entanto, essas primeiras formas de beijar têm muitos pontos em comum com o que constatamos em outras espécies e na espécie humana atual.

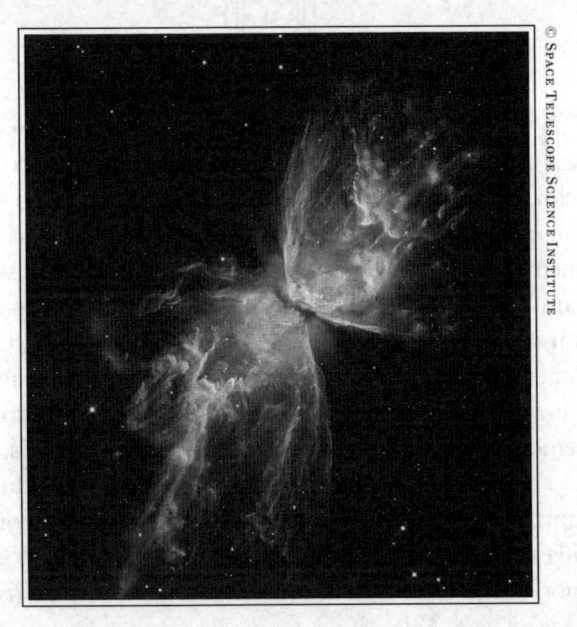

NGC 6302, a Nebulosa da Borboleta

Se a história contribui com uma lição importante em relação ao beijo, é a de que é praticamente impossível suprimir esse comportamento. Durante milhares de anos, o beijo foi ridicularizado por poetas e comentaristas e considerado repugnante, venal, sujo, e coisa pior. Os papas e os imperadores tentaram punir seus súditos inúmeras vezes, alegando razões morais ou de saúde, mas nem mesmo os homens mais poderosos do mundo conseguiram controlar seus lábios. Tudo isso será visto neste capítulo à medida que analisarmos as provas relacionadas às origens culturais do beijo, seu significado e sua trajetória incomum ao longo do tempo.

SEGUNDO ESTUDIOSOS DE registros históricos importantes, a ocorrência do beijo em sociedades humanas tal como o conhecemos não foi documentada até cerca de 1500 a.C. Segundo o antropólogo Vaughn Bryant, da Universidade A & M, no Texas, o primeiro e melhor registro literário que temos do beijo antigo encontra-se nos textos védicos da Índia, ou seja, nos fundamentos da religião hindu. Esses textos começaram a ser compilados por escrito há cerca de 3.500 anos, sendo que anteriormente faziam parte da tradição oral.

Nos textos védicos não existe nenhuma palavra para "beijo", embora se use um mesmo termo para dizer "cheirar" e "cheiro", e também com conotações de "tocar". Então, quando o *Atharva-Veda*, um dos textos sagrados do hinduísmo, descreve o ato curioso de cheirar com a boca, talvez se esteja referindo a um dos primeiros tipos de cheirar-beijar. Do mesmo modo, numa passagem do *Rig-Veda* encontramos as palavras "cheirar/cheiro" para descrever "tocar o umbigo do mundo". Talvez seja também uma antiga referência ao beijo. Outra linha interessante nesse texto pode ser traduzida como "um jovem senhor da casa lambe uma moça repetidamente". Nesse caso, "lamber" talvez represente um tipo de beijo ou carícia.

No final do período védico encontramos um indício ainda mais tentador sobre o beijos na Índia Antiga no *Shatapatha-Brahmana*, um dos textos em prosa que descreve o ritual védico que menciona os amantes se "posicionando boca a boca". Por outro lado, um dos primeiros textos da lei hindu repreende um homem "por sorver a umidade dos lábios" de uma escrava. Nesse caso, tudo indica que nos aproximamos de uma descrição reconhecível do beijo. E as provas não cessam: no grande poema épico indiano *Mahabharata*, que alcançou sua forma definitiva no século IV a.C., encontramos descrições de beijos carinhosos nos lábios. Por exemplo, uma linha diz: "[Ela] colocou sua boca na minha boca e emitiu um som que me deu prazer".

Por último, vem o famoso *Kamasutra*, de Vatsyayana (a palavra *kama* significa "prazer", "desejo", "sexo" e "amor", enquanto *sutra* significa, aproximadamente, "regras" ou "fórmulas"). Por volta do século III a.C., esse guia do sexo tão influente foi escrito para estabelecer as regras relacionadas ao prazer, ao casamento e ao amor de acordo com a lei hindu, detalhando todos os tipos de comportamentos sexuais, inclusive o beijo. Um capítulo inteiro é dedicado ao tema de como beijar o amante, com instruções sobre quando e onde beijar o corpo, incluindo "a testa, os olhos, as bochechas, o pescoço, o peito, os seios, os lábios e o interior da boca". O texto prossegue descrevendo quatro métodos de beijar – "moderado, contraído, pressionado e suave" – e descreve três tipos de beijos para uma moça ou virgem:

Beijo nominal: A moça toca seus lábios nos do amado, mas "ela mesma não faz nada".

Beijo pulsante: A moça "coloca sua timidez um pouco de lado" e reage com seu lábio inferior, mas não com o superior.

BEIJO TOCADO: A moça "toca os lábios do amado com a língua", fecha os olhos e apoia as mãos em cima das mãos do amado.

É evidente que na Índia as pessoas já se beijavam há milhares de anos, porém é questionável que tenham sido as únicas a fazê-lo. Por exemplo, o texto *Enuma Elish*, uma história babilônica da Criação que chegou até nós em uma versão gravada em tábuas de pedra no século VII a.C., embora as lendas que constituem sua base sejam muito, muito mais antigas. Essa história da Criação apresenta vários beijos, que incluem um beijo de saudação e um beijo no chão ou nos pés como súplica.

Muito mais famoso é o Antigo Testamento, cujo conteúdo se acredita que tenha sido compilado ao longo de doze séculos antes do nascimento de Cristo e inclui beijos em abundância. No Gênesis, especialmente na história de Jacó e Esaú, os filhos gêmeos de Isaac, há vários beijos, um deles enganoso.

Esaú é o primogênito e filho favorito, e Jacó, o filho esperto. Disfarçado com as vestimentas do irmão, Jacó se aproxima do cego e enfermo Isaac, que diz: "Aproxima-te, meu filho, e beija-me". Como as vestimentas roubadas estão impregnadas do cheiro de Esaú, que trabalha nos campos, elas fazem que o segundo filho tenha o mesmo odor que o primogênito, e o engano se completa quando Isaac aspira o cheiro de Jacó para reconhecê-lo. Então Isaac proclama: "Sim, o odor de meu filho é como o odor de um campo que o Senhor abençoou", e assim Jacó rouba a bênção do pai destinada ao irmão gêmeo e, com ela, o poder para governar.

Esse é apenas um dos vários exemplos memoráveis de beijo no Antigo Testamento. Outro ocorre na segunda linha do sensualíssimo Cântico dos Cânticos de Salomão: "Ah! Beija-me com os beijos de tua boca! Porque os teus amores são mais deliciosos do que o vinho".

Os gregos também têm uma longa e curiosa história sobre o beijo, bem menos voltada para os beijos românticos ou sexuais (pelo menos nos tempos antigos) e mais relacionada a beijos de saudação, manifestação de consideração, ou até mesmo de súplica. Tomemos, por exemplo, o antigo épico *Odisseia*, composto por Homero (provavelmente há cerca de 3.000 anos) e finalmente registrado por escrito entre os séculos VIII e VII a.C. Nele descreve-se o herói Odisseu sendo beijado por seus escravos ao voltar para casa como demonstração de respeito, mas não na boca, porque os escravos são inferiores a ele. Outro exemplo é encontrado na *Ilíada*: depois que Heitor é assassinado por Aquiles, seu pai, o rei Príamo, beija "as mãos terríveis, assassinas", suplicando que lhe restitua o cadáver do filho. Porém, não encontramos nenhum beijo sexual ou romântico em Homero.

As *Histórias* de Heródoto, escritas no século V a.C., apresentam um catálogo cultural adicional sobre os beijos no mundo clássico. Heródoto relata que, entre os persas, beijar outra pessoa dependia de sua posição social. As pessoas de mesmo nível cumprimentavam-se com um beijo nos lábios; um nível social um pouco mais abaixo resultava em um beijo rápido na face; e se a diferença na hierarquia social fosse grande a pessoa "inferior" deveria prostrar-se (diferenças de *status* semelhantes também existiam em outras culturas antigas: os reis etíopes eram beijados nos pés, enquanto os reis da Numídia eram considerados superiores demais para serem beijados). Heródoto também comentou sobre um sentimento comum ao longo da história: o desprezo em beijar certas pessoas por suas bocas realizarem certas outras atividades. Por exemplo, ele relata que os egípcios, que idolatravam as vacas, não beijavam os gregos na boca porque estes comiam seus animais sagrados.

Por volta da virada do século, o dramaturgo ateniense Aristófanes, conhecido por suas comédias, divertiu-se muito à custa dos beijos. Em suas obras havia beijos intitulados: o "Espalhador", o "Tecelão", o "Beijo-pote", o "Ferrolho", o "Dobradiça", entre muitos outros.

No século IV a.C., o conquistador grego e cosmopolita Alexandre, o Grande, provocou um dos maiores debates sobre o beijo dos tempos clássicos. Entre suas conquistas, Alexandre ficou famoso por incorporar os elementos da cultura persa na sua corte, que incluía um tipo de beijo simbólico chamado *proskunêsis*, ou "prosternação", que consistia em fazer uma reverência até o chão para manifestar seu respeito a um superior ou monarca e dar um beijo em sua direção. Muitos gregos desprezavam essa prática e a consideravam a expressão da decadência despótica do Oriente.

Passando para a época romana, e apesar dos registros limitados, os historiadores sugerem que ali se desenvolveu uma cultura do beijo forte e vibrante, mesmo que alguns escritores e imperadores romanos proeminentes torcessem o nariz para essa prática. O poeta Catulo talvez tenha sido o maior defensor romano do beijo, como podemos constatar na famosa passagem para sua amada, no Poema 5:

Vivamos, minha Lésbia, amemos sempre,
E os rumores dos velhos rabugentos
Saibamos desprezar, tê-los em nada.
O sol pode morrer, tornar de novo;

Nós, se uma vez a breve luz nos morre,
Uma e perpétua noite dormiremos.
Oh! mil beijos me dá, depois um cento,
E mil outros depois, mais outro cento,
E outros mil, e outros cem; e quando ao cabo
Muitos milhares ajuntarmos deles,
Em maga confusão juntá-los-emos.
Que não saibamos nós, que ninguém saiba
Nem maldoso nenhum possa invejar-nos
Se de tantos souber, tão doces beijos.[1]

O poeta romano Ovídio também tinha muito a dizer sobre o beijo, como em sua *A arte de amar*: "Acautela-te quando tomares seus lábios / Não os pressione demasiado para não caíres em desagrado".

Tudo indica que em Roma, na virada do milênio, os plebeus eram ávidos beijoqueiros. E é provável que o exército da Roma Imperial tenha introduzido essa prática em outras partes do mundo, um dos primeiros exemplos de como o beijo difundiu-se com a cultura europeia.

De acordo com o classicista Donald Lateiner, da Universidade Wesleyan, Ohio, os relatos históricos demonstram como os homens romanos parecem ter desenvolvido uma "fixação oral", embora uma boca raramente correspondesse às suas altas expectativas. Por exemplo, no século I d.C., o poeta romano Marcial descreveu nos seus aclamados *Epigramas* algumas ocorrências de beijos especialmente repugnantes. Eis seu relato sobre o que aconteceu a um homem azarado quando ele voltou para Roma depois de uma ausência de quinze anos:

---

1. Almeida Garret, in João Angelo de Oliva Neto (intro. e trad.), *O livro de Catulo*. São Paulo, Edusp, 1996, p. 165.

Cada vizinho, cada agricultor de rosto peludo, se aproxima de você e lhe dá um beijo fortemente perfumado. Aqui, é o tecelão que lhe assedia; ali, o ferreiro e o sapateiro, que acabou de passar a boca em cima do couro; aqui, o proprietário de uma barba imunda e um cavalheiro caolho; ali, um homem de olhos exaustos e indivíduos com bocas infestadas com toda espécie de abominações. Não valeu a pena voltar.

Marcial não estava sozinho. O imperador Tibério tentou promulgar um decreto proibindo o beijo sob a alegação de que ele ajudaria a espalhar doenças. Enquanto isso, o estadista romano Catão aconselhava que, quando os maridos retornassem a Roma, deviam beijar as esposas não como uma manifestação de afeto, mas para verificar se elas haviam ingerido bebidas alcoólicas.

No entanto, e apesar das críticas e zombarias, os romanos continuaram a beijar. Eles não usavam apenas uma, mas três palavras diferentes para o beijo, embora seus significados se imbriquem e não tenham uma definição exata. Eis o desmembramento das categorias em geral:

OSCULUM: beijo social ou entre amigos, ou beijo respeitoso.

BASIUM: beijo afetuoso entre os membros da família, algumas vezes também beijo erótico.

SAVIUM: beijo sexual ou erótico.

Havia também várias leis romanas para o beijo, tais como a lei do *osculum interveniens*, que estabelecia que se uma das partes de um casal de noivos morresse antes do casamento, mas o casal já tivesse se beijado publicamente, os presentes trocados entre o casal deveriam ser divididos de determinada maneira. O beijo demonstrava de fato seu *status* de casal comprometido, consequentemente os presentes deveriam ser divididos, com metade indo para os herdeiros do falecido.

Existem indícios de que uma das tradições mais populares conhecidas atualmente – beijar debaixo de um ramo de visco – também data da Era Pré-Cristã. Não sabemos exatamente de onde esse costume se originou, porém há várias teorias possíveis.

Na mitologia nórdica encontramos a história de Loki, um deus mau que muda de forma e trama o assassinato de Baldr, o deus da Luz. Todas as plantas e animais, todos os metais, até o fogo e a água, juraram a Frigg, mãe de Baldr, que não feririam seu filho, todos, exceto uma planta isenta do juramento: o visco. Loki se disfarça de mulher e engana Frigg para que ela confesse essa omissão. Depois, Loki colhe o visco, faz dele numa flecha ou lança e entrega-a para Hödr, irmão de Baldr, que a atira em Baldr e o mata. É uma grande tragédia, mas em algumas versões Baldr ressuscita, Frigg perdoa o visco, transforma-o em um símbolo de amor e ordena que sempre que duas pessoas passarem por baixo da planta elas troquem um beijo.

Outro mito vem dos antigos druidas, os sacerdotes da Europa celta, para quem o carvalho era uma árvore sagrada. O visco, que crescia em cima do carvalho, também era adorado. Plínio, escritor romano, disse:

> Para os druidas, como denominam seus feiticeiros, não há nada mais sagrado do que o visco e a árvore

sobre a qual viceja, desde que a árvore seja um carvalho [...] O visco só é encontrado raramente; mas quando o encontram, os druidas o colhem em uma cerimônia solene.

Os feiticeiros podavam o visco, que não devia tocar o solo. Eles acreditavam que a planta possuía poderes quase milagrosos, sendo uma panaceia universal, um fortificante para a fertilidade feminina e animal e muito mais.

A terceira história nos chega dos Impérios Assírio e Babilônico. Mylitta era a deusa da beleza e do amor (equivalente à Afrodite grega ou à Vênus romana). No templo de Mylitta, as donzelas honravam a deusa se posicionando debaixo do visco e deviam entregar seus corpos e deitar-se com o primeiro homem que as abordasse. Contudo, não está claro se esse ritual envolvia o beijo porque esse hábito aparentemente não era comum naquela época ou naquela parte do mundo.

Com o surgimento do cristianismo, apareceram vários problemas para o beijo. Simplificando, havia um medo muito real de que o beijo levasse a outras atividades carnais pecaminosas. Mesmo assim, a Bíblia parece dar ao beijo certa permissão e respaldo tanto no Antigo como no Novo Testamento. Não obstante o beijo de Judas, os apóstolos eram grandes entusiastas dessa prática. São Pedro menciona o "beijo de caridade", e São Paulo escreveu em sua Epístola aos Romanos: "Saudai-vos uns aos outros com um beijo santo". Essas foram as bases para o "beijo da paz", que se tornou uma parte fundamental do cerimonial da Igreja Católica.

É verdade que essas exortações bíblicas para unir os lábios podiam ser usadas para certos abusos. Os padres estavam preocupados que o "beijo da paz" fosse uma oportunidade para os amantes desejosos se beijarem com a bênção aparente da Igreja. Então os fiéis tiveram de ser separados por sexo para beijar no interior da igreja, e, em 397, o III Concílio de Cartago chegou a tentar banir o beijo "religioso" entre homens e mulheres.

Mas nem todos os beijos eram sensuais na Idade Média. Tal como Heródoto descrevera há muitos séculos, a condição social de um indivíduo determinava onde deveria beijar outra pessoa ao saudá-la. Os beijos desciam lábios abaixo à medida que os beijadores desciam na hierarquia social. Os vassalos beijavam o anel e o manto do rei, ou as mãos, ou até o chão à sua frente; na igreja, beijava-se a Bíblia, as vestes do padre ou a toalha do altar. Quanto ao papa, considerava-se apropriado apoiar os lábios no seu anel ou chinelo. Os padres católicos também começaram a permitir que as pessoas beijassem as ilustrações de vários santos mediante uma taxa conhecida como "o beijo de dinheiro", exatamente o tipo de prática que mais tarde serviria de combustível para a Reforma Protestante.

Por volta dessa época, um beijo também era sinal de confiança entre os senhores e seus vassalos. Os cavaleiros podiam beijar-se durante os torneios, e eram beijados pela pessoa que defendiam (geralmente uma rainha ou a esposa de um lorde) em agradecimento por um ano de bons serviços. De fato, o beijo era considerado uma importante expressão de cortesia, e era fundamental no treinamento de qualquer cavaleiro. Como veremos na Segunda Parte, é claro que um simples beijo pode fomentar sentimentos de união, e mais. Portanto, não surpreende que, como reza a lenda, o beijo entre Lancelot e Guinevere tenha sido a causa da queda de Camelot.

Foi também durante a Idade Média que o beijo para relações de negócios foi usado como um meio legal para selar contratos e acordos comerciais. Como muitos homens não sabiam ler nem escrever, eles rabiscavam um "X" na linha apropriada e o beijavam para oficializar o contrato. Isso foi transportado para os dias de hoje, quando escrevemos um "X" para simbolizar um beijo*, e vale também para a expressão "selado com um beijo". O beijo entre a noiva e o noivo também era visto como um tipo de acordo de negócio legal, consolidando todas as responsabilidades envolvidas no casamento.

Enquanto isso, a Igreja continuava torcendo o nariz para certos tipos de comportamento relacionados ao beijo, e até onde levariam. Outros problemas surgiram no século XIII, quando um padre inglês apareceu com uma novidade chamada *osculatorium*, também conhecida como a Tábua da Paz ou simplesmente *Pax*. Tratava-se, em essência, de um disco de metal, ou de uma tábua de madeira, decorado com imagens religiosas, que era passado entre os fiéis. Os fiéis davam, então, um beijo de reverência, em vez de trocar beijos com outras pessoas, como ocorria no "beijo da paz". Infelizmente, a prática de "beijar o disco (ou a tábua)" criou novos problemas: depois que uma moça desejável beijava a *Pax*, os homens corriam para grudar seus lábios exatamente no mesmo lugar. Os padres não gostaram e tentaram proibir essa prática, mas continuaram aceitando o beijo por razões estritamente religiosas, desde que ocorresse do lado de fora da igreja.

---

* Uso mais recorrente em língua inglesa (N. E.)

Mas todas as proibições e moralizações somente tinham poder até certo ponto. Por volta de 1499, o humanista holandês Erasmo de Roterdã escreveu o seguinte para seu amigo Fausto sobre sua viagem à Inglaterra:

> Há uma moda que eu não posso louvar o bastante. Por toda parte, onde quer que você vá, você é recebido com beijos. Se voltar, suas saudações são retribuídas. Quando visitamos alguém, o beijo é o primeiro gesto de hospitalidade, e o mesmo se repete quando os hóspedes se despedem. Sempre que encontramos alguém, os beijos abundam. De fato, não importa aonde você vá, você nunca está sem eles. Oh, Fausto, se você ao menos tivesse provado desses doces e perfumados beijos uma vez, você certamente desejaria ser um viajante na Inglaterra, não apenas durante dez anos, como Sólon, mas por toda a vida.

Com a chegada da Grande Praga, ou Peste Negra, em 1665, uma mudança importante ocorreu em Londres. O beijo, compreensivelmente, tornou-se impopular, e para evitar o contágio as pessoas passaram a acenar, a fazer reverências, a se inclinar ou a cumprimentar com os chapéus. Por outro lado, tudo indica que na França o beijo social continuou a ser usado sem interrupções durante o século XVII.

Enquanto isso, na Alemanha, um estudioso chamado Martin von Kempe publicava uma enciclopédia dos beijos, com um total de 1.040 páginas, cujo título ambicioso era *Opus Polyhistoricum de Osculis*, que incluía a descrição de mais de vinte tipos de beijos e pretendia exaurir o assunto. Nessa mesma época, os alemães também criaram categorias para definir os beijos legais e ilegais. Por exemplo, as mulheres poderiam processar homens que as abordassem com beijos traiçoeiros, libidinosos ou maliciosos, enquanto os gestos respeitosos de amor e reconciliação eram bem-vindos.

O beija-mão tornou-se popular na Inglaterra durante a Revolução Industrial e, com o passar do tempo, evoluiu para o aperto de mãos. Foi nessa época que, como veremos no próximo capítulo, o beijo começou a se espalhar por grande parte do mundo. Esses primórdios da globalização integraram as pessoas e seus costumes sociais além de oceanos e outras fronteiras naturais ou criadas pelo homem. Graças a aventureiros, mercadores e à tecnologia moderna, uma versão europeia do beijo logo chegaria aos lugares onde ele ainda não era praticado.

Beije meus pés

A história do costume do beija-pé é longa e divertida, e remonta à cosmogonia babilônica, pelo menos. O imperador romano Calígula obrigava seus vassalos a beijar seus pés, e o beijo de acordo com o status também era comum ao longo da Idade Média.

Em um texto de 1861, Charles Dickens – um grande defensor do beijo em geral, mas também dos humildes – diz que considera a prática do beija-pé uma completa aberração e uma "autodegradação subserviente". Para Dickens, o ritual do beija-pé da Igreja Católica era particularmente revoltante, e ele escreveu a respeito:

À CAÇA DAS ORIGENS DO BEIJO

Valentino I tornou o costume permanente, e desde 827 os leigos têm-se agachado e arrastado aos pés da Cadeira de São Pedro para beijar os dedos dos pés do grande fetichista ali entronado. Mas, como o papa usa um chinelo com uma cruz bordada por cima das tiras de couro, por uma ficção agradável que redime o orgulho os homens acreditam que estão beijando o símbolo sagrado, e não o dedo de um pé humano: assim somam o autoengano à degradação e cometem mais uma desonra.

Capítulo 4

INTERCÂMBIO CULTURAL

No seu livro *Savage Africa* [África selvagem], publicado em 1864, o explorador britânico William Winwood Reade conta que certa vez se apaixonou pela bela filha de um rei africano. Após cortejá-la durante vários meses, uma noite Reade finalmente se armou de coragem e a beijou. Muito assustada, a moça, que nunca se havia deparado com esse comportamento, começou a gritar e saiu correndo da casa. Pouco depois Reade entendeu que ela tinha pavor de ser beijada porque achava que ele a comeria.

Até aqui, eu tenho afirmado que os comportamentos "parecidos com beijo" fazem parte da nossa herança evolutiva. Mas, como costuma acontecer com todos os aspectos do comportamento humano e animal, a forma precisa em um determinado lugar e época também é fortemente influenciada pela cultura. O estilo europeu de beijo certamente não é uma atividade íntima necessária do ponto de vista reprodutivo, apesar de esse comportamento ser cada vez mais difundido. Então, depois de examinarmos a história antiga do beijo, chegou a hora de analisarmos nosso mundo contemporâneo e observar os comportamentos relacionados ao beijo em diversos povos, considerando sua relação com o nosso.

À CAÇA DAS ORIGENS DO BEIJO

A globalização teve início com exploradores europeus como Reade que contribuíram com muitos relatos sobre os lugares onde o beijo boca a boca era aparentemente desconhecido. Talvez o mais famoso seja o do antropólogo Donald Marshall, que estudou os nativos da ilha Mangaia, situada nas Ilhas Cook, no Oceano Pacífico. Antes da chegada dos europeus, essa cultura nunca tinha visto o beijo europeu. Porém, sabe-se que do fim da adolescência ao início da idade adulta os homens tinham uma média de 21 orgasmos por semana, sendo, portanto, a cultura conhecida mais sexualmente ativa. Isso representa mais de mil orgasmos por ano aparentemente sem ao menos um beijo apaixonado como o reconheceríamos.

Esse é apenas um dos muitos exemplos semelhantes. Em outro livro, *The Martyrdom of Man* [O martírio do homem], publicado em 1872, Reade descreve a cena de um reencontro que ele observou na África, quando os membros da comunidade cumprimentavam os caçadores que retornavam para casa. Eles exibiam muito carinho, mas não havia beijo. Em vez disso, escreve Reade, os aldeões davam as boas-vindas aos caçadores "[...] com murmúrios numa espécie de linguagem de bebê, chamando-os carinhosamente pelos apelidos, sacudindo suas mãos direitas, acariciando seus rostos, dando tapinhas nos seus peitos e tocando-os de todas as maneiras, exceto com os lábios, porque o beijo é desconhecido entre os africanos". Por volta dessa mesma época, o poeta e autor de relatos de viagem norte-americano Bayard Taylor narrou encontros semelhantes em uma região do mundo bem diferente. No seu livro *Northern Voyage* [Viagem ao norte], ele notou que algumas tribos da Finlândia se interessavam muito em beijar e que, apesar de pessoas de ambos os sexos tomarem banho juntas completamente nuas, o beijo na boca era considerado indecente. Quando Taylor foi apresentado a uma mulher finlandesa casada e perguntou sobre o beijo, ela respondeu: "Se meu marido tentasse algo desse tipo, eu esquentaria suas orelhas para que ardessem por uma semana inteira".

Enquanto os europeus continuavam documentando as práticas estranhas de povos distantes, a discussão sobre o beijo – ou sua ausência – tornava-se um tópico regular nos textos da jovem área da antropologia. Infelizmente, muitas dessas obras continham hipóteses que nos chocariam hoje: o beijo europeu era considerado "civilizado", porque era dado nos lábios, enquanto uma das características dos "selvagens" era a maneira "primitiva" ou "bárbara" de seu beijo, como, por exemplo, o beijo cheirado. Em 1878, o antropólogo inglês Edward Tylor referiu-se a esse beijo como a "classe mais baixa de saudações", observando que ela "[...] não se distingue das trocas de cortesia que observamos entre os animais inferiores". De modo semelhante, em 1898, o estudioso dinamarquês Christopher Nyrop descreveu o beijo na boca europeu como "[...] uma forma de saudação muito superior àquela em voga entre as tribos selvagens que se cumprimentam com o nariz".

Mas, se conseguirmos não dar importância ao racismo desses textos, eles contêm elementos fascinantes sobre as culturas nas quais o beijo na boca está ausente. Nyrop afirmava que a prática era desconhecida na Polinésia, em Madagascar e em algumas tribos da África. Da mesma forma, o antropólogo Alfred E. Crawley escreveu, em 1929, que, com a exceção das "civilizações superiores", como a Europa e a Grécia, o beijo na boca raramente era encontrado na maior parte do mundo.

Mais recentemente, a antropóloga Helen Fisher notou que antes do contato com as sociedades ocidentais o beijo era "[...] desconhecido entre os somalis, os lepcha de Siquim e os sirionó da América do Sul, enquanto os tsonga e alguns outros povos da África do Sul tradicionalmente consideravam o beijo repulsivo". A chegada da cultura ocidental foi o que lhes chamou a atenção para esse comportamento, e desde então algumas atitudes mudaram. Considerando que nós também introduzimos os cigarros e as cadeias de *fast-food*, o beijo é provavelmente um dos hábitos mais saudáveis que exportamos ao redor do mundo.

Inicialmente, o beijo na boca pode ter estado presente e depois desaparecido em algumas culturas por razões sociais, como o desencorajamento à sexualidade feminina. No entanto, Fisher observa que mesmo nas sociedades que não praticavam o beijo, as pessoas "[...] se davam tapinhas, lambiam, esfregavam, chupavam, mordiscavam ou sopravam os rostos uns dos outros antes da cópula". O costume realmente mais incomum com o qual me deparei é o do relato do antropólogo Bronislaw Malinowski sobre os amantes das Ilhas Trobriand, perto da Nova Guiné. Em 1929 ele observou que, entre os muitos outros comportamentos sexuais estranhos e, às vezes, violentos, os habitantes mordiam os cílios dos parceiros durante os momentos íntimos e o orgasmo. "Eu não consegui entender completamente o mecanismo ou o valor sensorial dessa carícia", escreveu Malinowski.

Da perspectiva dos povos não europeus, a ideia do beijo na boca também deve ter parecido muito estranha, ou pior. Entre outras considerações, é provável que o gosto e o cheiro de um beijo europeu tenha sido bem

Intercâmbio cultural

desagradável para aqueles que viviam em culturas que desconheciam a escova de dentes e os enxaguantes bucais.

Mas o beijo tal como o conhecemos estava prestes a se espalhar. Com o passar do tempo, viajar ficou mais rápido, fácil e menos caro à medida que as tecnologias de comunicação criavam um mundo menor do que nunca por um processo impulsionado pelas inovações, desde o telégrafo até a internet. O resultado é que hoje se acredita que mais de seis bilhões de pessoas ao redor do mundo se beijam regularmente, de lábios nos lábios, como um costume social e romântico.

Como foi que o beijo na boca se espalhou? Há muitos fatores envolvidos, além da chegada incessante de navios europeus em novas praias. Talvez tão importantes tenham sido os produtos da cultura europeia. Nas peças de Shakespeare e nos romances de Dickens, o beijo é uma expectativa social, e parece que todo mundo o pratica. Nós herdamos um legado de beijos que tem sido festejado na arte e na literatura e ampliado ao longo do tempo.

Nas culturas ocidentais, muitos dos nossos heróis e heroínas literários mais famosos passam o tempo esperando que aconteça um beijo especial. A expectativa impulsiona a trama, e o beijo muitas vezes assume o papel central. As crianças passaram a esperar o final feliz das histórias infantis, de *Branca de Neve* até *O príncipe sapo*. Afinal, o que seria dos nossos contos de fadas mais famosos sem um beijo?

Com o advento da técnica de narrar visualmente nos filmes, o beijo ganhou vida própria. O primeiro beijo na boca das telas foi registrado em 1896 pela Companhia Edison, no filme intitulado *The May Irwin, John C. Rice Kiss* [*O beijo*]. O filme todo dura menos de trinta segundos e mostra um homem e uma mulher, meio se beijando, meio conversando, seguido de um beijo na boca. Eles vestem trajes formais, e Rice ostenta um bigode enorme. Esse beijo parece bastante superficial se comparado aos atuais beijos apaixonados de Hollywood. Naquela época, porém, as pessoas ficaram chocadas. Uma crítica do editor Herbert S. Stone começava assim: "O espetáculo prolongado de eles se pastando mutuamente foi difícil de suportar [...] Essas coisas exigem a intervenção policial". Porém, mais uma vez, não havia como segurar o beijo, principalmente em Hollywood.

Logo os beijos na telona estavam em todos os lugares, e não somente aqueles trocados entre homens e mulheres. Em 1926, o filme *Don Juan* registrou o maior número de beijos até então, totalizando 191, quando John Barrymore beijou as coestrelas Mary Astor e Estelle Taylor, entre outras. No ano seguinte, o filme *Asas* mostrava na tela o primeiro beijo na boca entre dois homens, quando um soldado beija seu amigo moribundo. Em 1941, foi a vez do beijo mais longo da época, com duração de três minutos e nove segundos, protagonizado por Jane Wyman e Regis Toomey no filme *Pode ser... ou está difícil?*. Em 1961, o filme *Clamor do sexo* foi considerado o primeiro a mostrar um beijo de língua por Hollywood entre Natalie Wood e Warren Beatty. Depois, em 1963, Andy Warhol lançou *Kiss*, um filme gravado em 16 mm com 54 minutos de duração, que consistia apenas de trocas de beijos de diversos casais. Cada beijo durava cerca de três minutos e meio (mais do que o beijo de Wyman e Toomey), e o gênero de alguns era ambíguo. O recorde de Warhol foi finalmente quebrado em 2010, quando Tina Fey e Steve Carell se beijaram durante cinco minutos enquanto passavam os créditos finais do filme *Uma noite fora de série*.

Em meio a isso tudo, talvez o mais extraordinário seja o que aconteceu durante os anos do moralista Código de Produção de Filmes, popularmente conhecido como Código Hays, que vigorou de 1930 a 1968. O código estabelecia que "[...] beijos excessivos e sensuais, abraços sensuais e posturas e gestos sugestivos não devem ser mostrados", pois temia-se que as cenas de paixão "[...] estimulassem os caracteres mais baixos e vis". A menos que fossem fundamentais para a trama. Como resultado, o beijo entre um casal muitas vezes culminava em um espetáculo de imagens sugestivas que insinuavam o que viria a seguir, como, por exemplo, chamas ou o badalar de sinos de casamento.

O beijo na tela sobreviveu ao Código Hays sem muita dificuldade, e atualmente é comum na diversão hollywoodiana. Certamente nem sempre sem alguma resistência. Em 1985, uma época caracterizada por crescentes preocupações com a Aids, o Screen Actors Guild enviou sete mil cartas para os agentes e produtores da indústria cinematográfica estipulando que os artistas deviam ser notificados por escrito se o projeto de um filme exigisse que participassem de um beijo de boca aberta. Essas cenas eram descritas como "[...] um possível risco para a saúde dos atores devido à ausência de transparência e consistência dos pareceres médicos em relação a como ou de que modo esta doença é transmitida".

No entanto, não resta dúvida de que os nossos produtos culturais se espalharam pelo mundo, e fizemos muito para ensinar sobre nossa maneira especial de juntar os lábios.

Mas Hollywood não pode conquistar tudo. Pelas diversas latitudes e longitudes há atualmente um espectro amplo de o que é considerado aceitável e adequado em relação ao beijo. Cada lugar tem gostos e normas culturais diferentes, e, embora seja impossível investigar cada uma delas, terminarei este capítulo com um levantamento reconhecidamente incompleto sobre algumas das práticas mais comuns existentes ao redor deste nosso mundo cada vez mais globalizado.

Comecemos pela França, o lar do *french kiss* – termo que entrou para o vocabulário inglês em 1923. O motivo exato por que usamos esse termo é desconhecido, mas é possível que tenha sido adotado por viajantes norte-americanos que ficaram impressionados com a natureza afetuosa das mulheres francesas, que se sentiam mais confortáveis com o beijo de língua do que seus companheiros. Segundo o antropólogo norte-americano Vaughn Bryant, isso gerou um ditado popular: "Quando estiver na França consiga beijos das moças", que mais tarde se transformou em "conseguir um beijo francês". Na França, é chamado de "beijo de língua" ou "beijo da alma", porque se for bem dado a sensação será de duas almas se fundindo.

Homens e mulheres se cumprimentarem com beijos no rosto é comum na França e em muitas outras partes do mundo como demonstração de carinho e respeito. Esses beijos são comuns da Espanha à Holanda, de Portugal à Argentina, no Haiti e no México, Suíça e Bélgica, Egito e Líbano, entre outros países. A saudação geralmente envolve beijar o ar de uma a três vezes, e geralmente se trata mais de um toque dos rostos do que de um contato labial. A quantidade apropriada de beijos e sua direção variam não só de acordo com o país, mas também de acordo com a comunidade ou até mesmo os indivíduos. Em muitos desses lugares, os homens só se beijam se forem parentes ou amigos íntimos, mas é claro que há exceções. Em outros lugares, o beijo no rosto entre duas pessoas do mesmo sexo é aceitável, porém é inapropriado entre homens e mulheres que não tenham algum grau de parentesco, como é o caso da Turquia e de algumas regiões do Oriente Médio.

Em outros países, as demonstrações públicas de afeto são menos populares. Na Finlândia, as atitudes permanecem praticamente as mesmas desde os dias da visita de Bayard Taylor, com o beijo sendo geralmente considerado um ato privado. Os cidadãos do Reino Unido também tendem mais a acenar com a cabeça ou dar um aperto de mãos do que a beijar o rosto uns dos outros. Do mesmo modo, os italianos e os alemães frequentemente deixam os beijos para as pessoas com quem têm mais intimidade. O idioma alemão, porém, tem trinta palavras para o beijo, incluindo *nachküssen*, ou o beijo para compensar aqueles que não foram dados. Os australianos também são mais predispostos a cumprimentar os amigos com um aperto de mão firme do que com um beijo. E embora os amigos às vezes possam trocar um beijinho, os homens heterossexuais não costumam se beijar nesse país.

Apesar de o *Kamasutra* ter sido escrito na Índia, lá o beijo é considerado tradicionalmente um assunto privado. A maioria das pessoas não menciona o beijo especificamente nem fala muito sobre a vida amorosa em geral. Quando o ator Richard Gere beijou espontaneamente a atriz de Bollywood Shilpa Shetty, em 2007, grupos religiosos se manifestaram em protesto, e um juiz emitiu uma ordem de prisão contra ambos por violarem as leis de obscenidade. No Barein e em Bangladesh, os beijos entre pais e filhos são aceitáveis, enquanto demonstrações românticas e apaixonadas geralmente não o são. Da mesma forma, as pessoas raramente demonstram afeto em público na Tailândia.

Em 2008, na África do Sul, uma lei proibiu os menores de dezesseis anos de terem qualquer contato boca a boca, em um esforço para conter as altas taxas de transmissão de HIV no país. Indignados, os adolescentes organizaram beijaços e continuaram ignorando a lei. Como vimos no capítulo anterior, as proibições de beijo parecem nunca ter êxito.

No Japão, o beijo sempre foi tradicionalmente associado ao sexo. Por isso, durante muito tempo, o beijo em público foi considerado extremamente impróprio e vulgar, sendo que esse tipo de comportamento permanecia restrito à privacidade do lar. Quando a escultura O *Beijo*, de Rodin, foi exibida em Tóquio na década de 1920, ela ficou protegida atrás de uma cortina de bambu para não ofender o público. Mais tarde, as cenas de beijos dos filmes de Hollywood eram cortadas antes de estrearem no Japão. No entanto, essa situação melhorou um pouco, e atualmente é mais aceitável o beijo na tela e em público (entre os casais jovens).

A China também tinha uma relação curiosa com o beijo. Há vinte anos, um artigo do jornal *Beijing Workers' Daily* admoestava que a prática não era saudável e devia ser desencorajada. De modo geral, em comparação com os europeus, os chineses continuam muito mais conservadores em relação ao beijo. No entanto, eles estão cada vez mais abertos, especialmente nas cidades litorâneas como Xangai e Cantão. Como no

Japão, o beijo se torna cada vez mais popular entre os jovens chineses.

O beijo social é bem menos popular nos Estados Unidos do que em muitas partes da Europa. Além disso, os norte-americanos só começaram a se entusiasmar com beijo de língua depois da Primeira Guerra Mundial, ou ao menos essa mudança parece ter sido influenciada por alguns fatores sociais. Por exemplo, no seu relatório *Sexual Behavior in the Human Male* [O comportamento sexual do homem], de 1948, Alfred Kinsey constatou que a maneira de beijar estava correlacionada ao nível de educação da pessoa. Setenta por cento dos homens que terminaram seus estudos admitiram praticar o beijo francês, enquanto apenas 40% daqueles que abandonaram a escola o praticavam. Quando Kinsey pesquisou as mulheres cinco anos mais tarde, ele descobriu que havia uma incidência maior de beijo de língua entre as que haviam tido relações sexuais antes do casamento do que entre as demais. Os achados apresentados em seu relatório de 1953 também indicavam que as mulheres davam mais importância ao beijo do que os homens (uma característica que retomaremos no Capítulo 6).

Essa rápida viagem mal arranha a superfície dos costumes e práticas globais sobre o beijo, porém é evidente que as normas sociais variam muito. Além disso, devemos ter em mente que aqui estamos lidando com generalizações. Encontramos grandes diferenças individuais em tudo e por todo o planeta, desde como as pessoas penteiam seus cabelos até como preparam o jantar. O beijo não é nenhuma exceção, e mesmo dentro de uma mesma cultura a preferência de uma pessoa pode fazer a outra se arrepiar e sair correndo.

Entretanto, o beijo é extremamente popular no mundo moderno – talvez mais do que em qualquer outra época da história humana. Celebramos fotografias famosas de beijos, como aquela entre um marinheiro e uma enfermeira fotografados por Alfred Eisenstaedt no Dia da Vitória no Times Square, publicada na revista *Life*. Admiramos os beijos artísticos, como no quadro homônimo de Gustav Klimt. Não podemos esquecer os beijos inesperados, como aquele trocado por Al Gore e Tipper Gore em 2000 durante a Convenção Nacional do partido Democrata. Mas isso é apenas o começo. O programa *MTV Video Music Awards* mostrou o beijo inesquecível de Michael Jackson e Lisa Marie Presley, e mais tarde Madonna beijando Britney Spears e Christina Aguilera. O cineasta Sacha Baron Cohen nos trouxe Borat, um personagem que consegue beijar quase todas as pessoas que encontra, impressionando tanto os destinatários como o público.

Esses momentos foram manchete nos jornais do mundo todo, e as imagens serão comentadas durante décadas, talvez porque nos lembrem de que as celebridades, os ícones e os líderes não são tão diferentes de nós. Podemos variar na cor da pele, no idioma e nos costumes, mas o beijo talvez tenha se tornado a prática mais universal e humanizadora que compartilhamos.

AGORA QUE COLOCAMOS EM ordem a história, biologia e cultura, vamos voltar para a questão inato *versus* adquirido: O beijo é genético ou cultural? Obviamente, trata-se mais de um compromisso do que um conflito. Os dois lados ganham.

Sempre podemos discutir até que ponto determinado comportamento com profundas raízes biológicas como o beijo é influenciado por nosso meio ambiente ou nossa cultura, e qual dos dois tem mais peso. No final, porém, ambos precisam interagir – e o resultado é a expressão ou manifestação disso. Os genes por si só são sempre insatisfatórios para explicar o comportamento humano ou animal, porque há muitos outros fatores envolvidos.

Quando se trata especificamente do beijo, é óbvio que uma série de variáveis sociais molda nossas atitudes e preferências a respeito do que é aceitável e do que gostamos mais. Ao mesmo tempo, o beijo ou os comportamentos "parecidos com beijo" são difundidos demais para ignorarmos sua base biológica. Um beijo é certamente muito menos instintivo do que, digamos, piscar ou engolir, mas o comportamento permanece gravado na nossa história evolutiva. As experiências pelas quais passamos à medida que crescemos afetam a expressão humana do beijo e lhe conferem uma considerável variabilidade e diversidade, exatamente como em tantas outras espécies do planeta Terra.

Recordes de beijos

O beijo mais longo já registrado foi trocado em 2005 entre James Belshaw e Sophia Severin, em Londres, no Plaza Shopping Centre. Durou 31 horas 30 minutos e 30 segundos. O casal não podia sentar nem dormir, e somente tinha permissão para comer e beber por um canudo. Para ser válido, como se engolir refeições líquidas aos goles não fosse sacrifício suficiente, o beijo tinha de continuar durante as interrupções para ir ao banheiro.

À CAÇA DAS ORIGENS DO BEIJO

Se você acha isso impressionante, considere este outro recorde de beijo: em 2003, Joni Rimm pagou cinquenta mil dólares pelo beijo mais caro já vendido em um leilão. Ela teve o privilégio de beijar a atriz Sharon Stone em um evento beneficente de combate à Aids.

Em 2009, no Dia dos Namorados, na Cidade do México, casais, amigos e familiares trocaram todos os tipos de beijo durante dez segundos. No total, 39.897 pessoas beijaram-se simultaneamente, estabelecendo um novo recorde mundial.

Segunda Parte

O BEIJO NO CORPO

Como foi que seus lábios se tocaram? Por que os pássaros cantam, a neve derrete, a rosa desabrocha, o amanhecer clareia por trás dos contornos das árvores desfolhadas no cume trêmulo de uma montanha? Um beijo, e tudo estava dito.

– Victor Hugo

Capítulo 5

A ANATOMIA DE UM BEIJO

Nas últimas décadas, a ciência não apenas lançou uma luz sobre as prováveis origens evolutivas do beijo, mas também nos ensinou muito sobre seu aspecto biológico, visto que ele acontece no nosso corpo. Passando da antropologia e da biologia evolutiva para a fisiologia, podemos começar respondendo às perguntas que afetam nossas experiências românticas diretamente: o que acontece com nosso corpo durante um beijo? E o que essas informações nos ensinam para torná-lo melhor?

Para começar, vamos acompanhar o beijo de um casal, desde seu início e durante toda sua trajetória pelo corpo humano, prestando muita atenção às reações e aos estímulos que determinam se queremos prosseguir ou não. Por enquanto, não farei nenhuma distinção entre a experiência do beijo para o homem e para a mulher, apesar de ser evidente que são inúmeras – este será o tema do próximo capítulo. Por ora, há tanto para dizer em relação à fisiologia de um beijo que estaremos suficientemente ocupados mesmo sem distinguir os gêneros.

Para determinar o quanto um beijo será bem recebido, o primeiro fator importante é o meio ambiente. Por exemplo, um beijo erótico excitante, mesmo se for do homem ou da mulher dos seus sonhos, provavelmente será muito atenuado se ocorrer durante uma solenidade religiosa em uma igreja, sinagoga ou mesquita (a menos que seja algo que lhe interesse).

Então, imagine: um ambiente escuro, à luz de velas, romântico, e a pessoa que você adora olha nos seus olhos, mantém-se próxima, e você sente uma onda de paixão. Parece quase *mágico*, e o beijo é o primeiro e talvez o único pensamento na mente de ambos.

Mesmo antes de os lábios se tocarem, muita coisa já acontece no corpo. O psicólogo Arthur Aron, da Universidade de Nova York, Stony Brook, descobriu que olhar nos olhos do parceiro tem um impacto enorme nos sentimentos associados a se apaixonar. Para sua pesquisa, Aron dividiu em pares homens e mulheres que não se conheciam por uma hora e meia, instruindo-os a conversar sobre os detalhes íntimos de suas vidas e depois, no final desse período, parar de falar e se olhar nos olhos durante quatro minutos. No final, muitos participantes relataram ter sentido uma forte atração pelo outro. De fato, dois casais que participaram do estudo casaram seis meses depois.

Vamos supor que os olhos e o meio ambiente tenham realizado seu trabalho de sedução, e que o casal se aproxime para trocar um beijo. Aqui acontece um movimento importante, apesar de raramente pensarmos nele: inclinamos a cabeça para a direita ou para a esquerda (torcendo para que o outro faça o mesmo enquanto se aproxima, pois, de outra forma, acabaremos colidindo desajeitadamente).

Segundo o psicólogo Onur Güntürkün, da Universidade Ruhr, Bochum, Alemanha, cerca de dois terços das pessoas que se aproximam para trocar um beijo inclinam a cabeça para a direita. Em 2003, Güntürkün publicou estes dados no jornal científico *Nature*, depois de fazer uma experiência digna de um *voyeur*: Güntürkün observou casais apaixonados, cujas idades variavam de treze a setenta anos, enquanto se beijavam em lugares públicos, tais como estações ferroviárias, aeroportos, parques e praias, na Alemanha, na Turquia e nos Estados Unidos. Para se qualificarem na experiência, os beijos deveriam incluir o contato dos lábios, uma inclinação visível da cabeça e nenhum obstáculo como bolsas, malas ou outros objetos que pudessem influenciar a direção da inclinação.

O mais interessante é que essa tendência da inclinação da cabeça para a direita parece não estar correlacionada com a porcentagem das pessoas destras: os destros são quase 8 vezes mais comuns do que os canhotos. Güntürkün sugeriu que talvez tenhamos adotado essa inclinação da cabeça para a direita desde o útero, enquanto o feto se movimenta e inclina a cabeça no ventre da mãe. Outros, no entanto, acreditam que essa preferência surja mais tarde, durante a amamentação. Pesquisas mostram que até 80% das mães embalam seus bebês do lado esquerdo, independentemente de elas serem canhotas ou não. Como os bebês são obrigados a virar a cabeça para a direita para mamar, é possível que muitos de nós tenhamos aprendido a associar a inclinação da cabeça para a direita com os sentimentos de afeto dos primeiros anos da nossa vida.

Além disso, parece haver uma espécie de efeito sutil interativo que determina o direcionamento específico de um beijo. Se os gestos humanos nos ajudam a interpretar o discurso e entender a linguagem, então é possível que a pessoa que inicia um beijo use indicações não verbalizadas para informar sutilmente como o outro deve agir.

Uma leve inclinação da cabeça para a direita ou para a esquerda transmite imediatamente sinais visuais, táteis e outras indicações sensoriais sobre o que está acontecendo. No entanto, para um observador, é praticamente impossível diferenciar se a inclinação da cabeça é selecionada por um parceiro e imitada pelo outro[1].

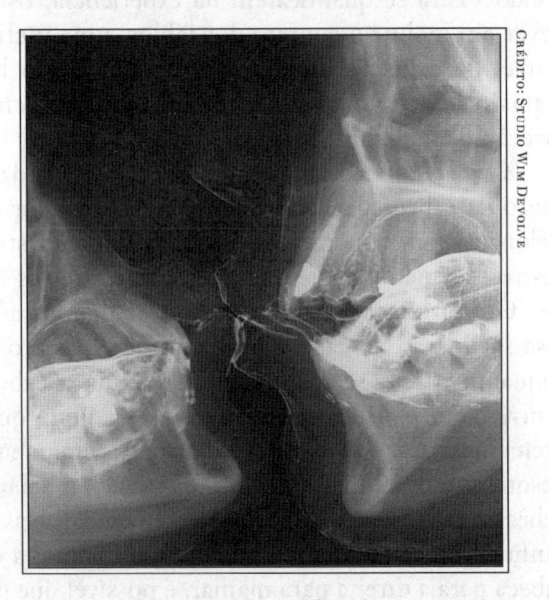

Crédito: Studio Wim Devolve

Beijo 4 - 2000 - 125x100
Cibachrome *sobre alumínio*

---

1. Não podemos deixar de mencionar outra experiência que, sempre de acordo com a pesquisa de Güntürkün, testou a preferência pela inclinação da cabeça usando bonecas para eliminar a influência de sugestões sociais. Independentemente da influência do parceiro, os resultados revelaram uma tendência para a direita. Então, apesar de não haver dúvida sobre o envolvimento das sugestões sociais, outros fatores também estão presentes para determinar nossas escolhas.

Quando alinhamos nossas cabeças para trocar um beijo, precisamos também preparar nossa boca, o que significa que devemos instruir os músculos faciais para entrarem em ação. O músculo orbicular da boca, que circunda o lado exterior, facilita a mudança da forma do nossos lábios, principalmente quando queremos contraí-los. Enquanto isso, os músculos zigomático maior, zigomático menor e o levantador do lábio superior atuam em conjunto para levantar os cantos da boca e o lábio superior, e os músculos depressor do ângulo da boca e depressor do lábio inferior puxam para baixo os cantos da boca e o lábio inferior. E isso é apenas o começo. A boca aberta e os movimentos da língua envolvem uma rede muito mais complexa de músculos faciais e de postura. Esperemos que o destinatário mereça todo esse trabalho, visto toda a significativa coordenação envolvida, sem mencionar o risco de rugas no rosto ao longo do tempo por causa dessa atividade repetida.

Mas, independentemente de como chegamos lá, eventualmente – isto é, se não colidirmos a cabeça ou o nariz – ocorrerá um contato dos lábios. E nesse momento as coisas realmente começam a esquentar. Cinco dos doze nervos cranianos engatam uma quinta marcha. Esses nervos se ramificam diretamente do tronco encefálico e se espalham para as diversas partes do rosto. Eles são responsáveis por vários tipos de atividades complexas que nos ajudam a ouvir, ver, cheirar, sentir e tocar, além de criar as expressões faciais.

Durante um beijo apaixonado, nossos vasos sanguíneos se dilatam e nosso cérebro recebe mais oxigênio do que o normal. Nossa respiração torna-se irregular e mais profunda, nossa face enrubesce, o pulso acelera e as pupilas dilatam (talvez seja uma das razões por que muitas pessoas fecham os olhos). Não se trata exatamente de um exercício físico, mas o beijo queima algumas calorias, e é claro que a quantidade depende da sua intensidade e duração. Uma troca prolongada de beijos de boca aberta também permite provar o sabor da outra pessoa. A forma da língua é ideal para coletar essa informação. Ela é revestida de pequenas elevações chamadas papilas que contêm de nove a dez mil papilas gustativas (esperemos que o que nossa língua prova seja a saliva de outra pessoa, e não o que ela acabou de comer).

E isso é apenas uma pequena amostra do que está acontecendo. Não importa se estamos relaxados ou nervosos, nosso corpo estará extremamente ocupado enquanto processa uma quantidade incrível de detalhes sobre essa situação para que saibamos o que fazer em seguida.

TALVEZ O MAIS IMPORTANTE seja que, quando beijamos, os cinco sentidos estão ocupados transmitindo mensagens para nosso cérebro. Bilhões de pequenas conexões nervosas estão ativas, enviando e distribuindo sinais por todo nosso corpo. No final, esses sinais chegam ao que chamamos de córtex somatossensorial: a região do cérebro que processa as sensações táteis, a temperatura e a dor, entre outras. Nesse caso, elas são traduzidas em "pensamentos", tais como: "Ele acabou de comer cebola?" ou "O que aquela mão está fazendo?".

Os lábios são, sem a menor dúvida, a parte do nosso corpo que mais envia informações para o cérebro durante um beijo. Repletos de terminais nervosos, eles são extremamente sensíveis à pressão, ao calor e de fato a todo tipo de estímulo. Um dos aspectos mais impressionantes do papel do cérebro durante um beijo é a desproporção do espaço da rede neural associada aos lábios em comparação ao resto do corpo. Basta um leve roçar nas suas extremidades para estimular uma grande parte do nosso cérebro – uma área ainda mais extensa do que seria se ativada pelo estímulo sexual abaixo da cintura. Isso significa que nossos lábios são a zona erógena mais exposta!

Para ajudar nossa mente a entender o que isso significa, dê uma olhada na escultura abaixo, que foi esculpida para refletir a relação entre cada parte do corpo e a extensão do tecido cerebral destinado a processar as informações sensoriais que recebem:

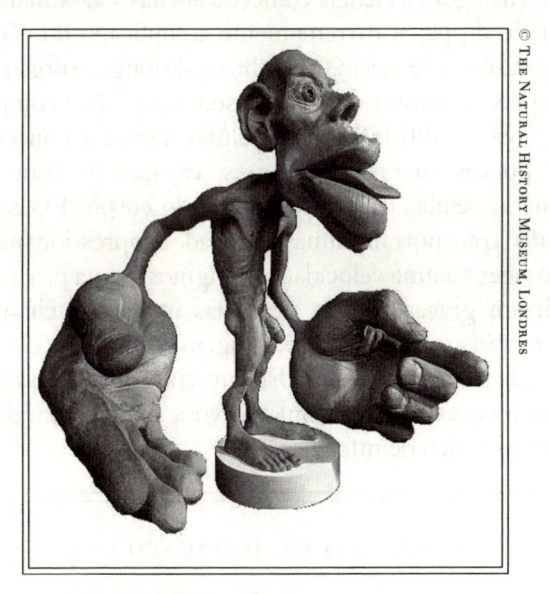

Homúnculo sensorial

Nessa imagem, a superfície do corpo foi "mapeada" para criar uma representação "do ponto de vista do cérebro". Como podemos constatar, os lábios e a língua parecem absurdamente grandes se comparados a quase todos os outros traços por tantos terminais nervosos sensíveis. A área do cérebro dedicada às outras partes do corpo, inclusive o pênis, é proporcionalmente muito menor do que o seu tamanho (embora não exista uma escultura correspondente para as mulheres, as proporções seriam praticamente as mesmas para a maior parte do corpo, com a exceção óbvia dos órgãos consideravelmente inervados, como o clitóris e os seios, ou seja, os lábios pareceriam enormes em ambos os sexos).

Até agora a ciência começou apenas a arranhar a superfície do papel extremamente complicado do cérebro durante o ato de beijar. O cérebro é, de longe, o órgão mais complexo (e misterioso) do nosso corpo. Ele é composto de cerca de 100 bilhões de células nervosas conectadas por pontos chamados sinapses, capazes de transmitir sinais às células das outras partes do corpo. Esses neurônios transportam uma variedade impressionante de mensagens a uma velocidade vertiginosa, uma proeza que realizam graças a essas pequenas moléculas chamadas neurotransmissores – os mensageiros químicos do cérebro e do sistema nervoso. Os neurotransmissores saltitam pelas sinapses de uma célula nervosa a outra levando um tipo específico de informação.

O MACACO VÊ, O MACACO FAZ

Uma teoria contemporânea da neurociência considera a possibilidade dos chamados neurônios-espelho, células excitáveis que disparam mensagens em reação à experiência de outra pessoa, como se essa experiência acontecesse conosco pessoalmente. Por exemplo, ver outra pessoa ser picada por uma agulha na mão estimularia a mesma área do nosso cérebro, como se nós mesmos estivéssemos sendo picados. Especula-se que essas células estejam relacionadas a como interpretamos as intenções das outras pessoas, e, portanto, é possível que os neurônios-espelho tenham a capacidade de nos informar como reagir a um beijo.

Em 2003, na Itália, os neurocientistas tentaram estudar esse fenômeno nos macacos. Os pesquisadores não analisaram o beijo diretamente. Eles estavam mais interessados nos neurônios motores responsáveis por certos comportamentos que chamaram de "estalar os lábios", "protrusão labial" e "protrusão da língua". Eles descobriram que cerca de um terço dessas células eram acionadas quando os macacos observavam um experimentador humano executar uma dessas ações "parecidas com beijo".

Se os neurônios-espelho realmente existem, então, a visão de outra pessoa se inclinando para nos dar um beijo provocaria uma "reação ao beijo" também no nosso cérebro, o que nos incentivaria a copiar esse comportamento e ampliar as probabilidades de que o beijo seja retribuído. Da mesma forma, a excitação de um parceiro durante um beijo serviria para aumentar a nossa, estabelecendo um ciclo de feedback *de antecipação mútua.*

Por ser uma experiência sensorial muito forte, um beijo envia sensações diretamente para o sistema límbico, as partes do nosso cérebro associadas ao amor, à paixão e à luxúria. Durante o beijo, e à medida que os impulsos nervosos saltam do cérebro à língua, os músculos faciais, os lábios e a pele estimulam nossos corpos a produzir uma série de neurotransmissores e hormônios como dopamina, oxitocina, serotonina e, inclusive, adrenalina. Além disso, o beijo certo pode dar a sensação de estarmos "altos" devido à descarga de endorfina – substância produzida pela glândula pituitária e pelo hipotálamo, que nos faz sentir exaltados.

Há muito o que dizer sobre toda essa química e como ela funciona, mas antes farei um comentário geral. Como já mencionei, sua função é transmitir diferentes tipos de sinais entre as células nervosas, e, tendo uma ideia de como influenciam nossas emoções e nossos comportamentos, tenha em mente que quantidades enormes dessas substâncias percorrem nosso cérebro e nosso corpo a qualquer momento. Mais de sessenta neurotransmissores diferentes fluem pela rede neural do corpo dando instruções, em uma mistura que o endocrinologista Jean-Didier Vincent denominou apropriadamente de "cérebro fluido". Todavia, não devemos esquecer que o mais importante é que nenhum deles atua de forma independente ou controla apenas um comportamento ou experiência. Em vez disso, como o físico e escritor Stefan Klein colocou muito bem, cada neurotransmissor age como "uma voz em um coro". Além disso, como nosso grande córtex cerebral, envolvido em processar pensamentos, nos permite tomar decisões racionais que podem estar em desacordo com as mudanças no nosso corpo, não é como se fôssemos inteiramente "governados" por sinais químicos.

No caso do beijo, um dos neurotransmissores mais importantes é a dopamina, um tipo de droga natural associada à expectativa de recompensa, que nos faz sentir prazer. Durante um beijo apaixonado, a dopamina aumenta vertiginosamente e é responsável por uma onda de euforia e desejo; também pode resultar nos pensamentos obsessivos que muitas pessoas têm em associação a um novo romance – quase como se fosse um vício. O que não surpreende: esse neurotransmissor se relaciona ao estímulo da mesma parte do cérebro que uma carreira de cocaína. Ele nos prepara para querer mais, nos faz sentir energizados. Algumas pessoas têm um aumento tão grande da quantidade de dopamina que chegam a perder o apetite ou o sono — portanto, não surpreende que, geralmente, os "sintomas" descritos sejam os mesmos de quando nos "apaixonamos".

Felizmente, a dopamina faz muito mais do que provocar um comportamento errático. Ela também nos permite reconhecer situações interessantes, lembrar experiências prazerosas e ir atrás de novas. Durante o período inicial de um relacionamento, a novidade aciona uma descarga desse neurotransmissor, e o beijo é quem realiza essa mágica. O primeiro contato dos lábios com uma pessoa especial é capaz de nos drogar, literalmente, de sentimentos de euforia. A dopamina é provavelmente o motivo por que as pessoas se sentem como se estivessem "no paraíso" ou "andando nas nuvens". Muitas vezes ela certamente também é culpada pela condição viciante dos casos extraconjugais. Como no caso das drogas, uma pessoa pode se tornar dependente desse estado de intoxicação mesmo quando ele, ou ela, sente-se mal por estar enganando o cônjuge.

Mas, como em todos os relacionamentos, ilícitos ou não, a novidade se esgota de maneira relativamente rápida, nossa biologia coloca um limite para a duração do "barato" provocado pela dopamina. Estudos têm demonstrado que os níveis desse neurotransmissor entorpecente diminuem à medida que nos acostumamos com o parceiro, e talvez seja por isso que o desejo sexual em relação à mesma pessoa tende a arrefecer ao longo do tempo.

Contudo, nem todas as pessoas reagem da mesma maneira. Nos seres humanos, as quantidades de receptores de dopamina que pontilham as extremidades das células nervosas variam, e as pesquisas sugerem que um número elevado pode predispor uma pessoa à promiscuidade sexual ou ao comportamento viciante. Por exemplo, o geneticista Dean Hamer, do National Institutes of Health, Maryland, relatou uma possível correlação entre um gene que codifica os receptores de dopamina e os desejos eróticos dos homens. Segundo Hamer, 30% dos homens possuem esse gene da "promiscuidade" e têm, em média, 20% mais parceiros sexuais do que a média.

É provável que as mulheres também sejam predispostas a se viciar à novidade sexual, devido ao aumento da absorção de dopamina, contudo, essa relação não foi estudada minuciosamente (esse é apenas um exemplo de como há relativamente até pouco tempo a sexualidade feminina chamava muito menos a atenção do microscópio). No entanto, se um único segmento de material genético consegue enviar códigos para a "malandragem" masculina, há boas chances de que incentive o mesmo comportamento nas mulheres.

A dopamina não atua de modo independente. Ela é apenas uma parte do "coro químico" de Klein e precisa partilhar seu papel com muitos outros neurotransmissores, principalmente com a oxitocina, que estimula os sentimentos de apego e carinho e também está associada ao beijo (voltarei à oxitocina no Capítulo 8). Ao mesmo tempo, um bom beijo também eleva o nível da serotonina, outra substância importante envolvida na regulação das nossas emoções e na transmissão de informações ao cérebro. Como a dopamina, a serotonina também pode provocar sentimentos e pensamentos obsessivos por outra pessoa. Na realidade, os níveis de serotonina de uma pessoa que afirma que acabou "de se apaixonar" são equiparáveis àqueles dos pacientes que sofrem de transtorno obsessivo-compulsivo (TOC). Além disso, a noradrenalina, um hormônio do estresse, seria a responsável pela sensação de pernas bambas.

Por último, o cérebro envia sinais para a glândula adrenal secretar epinefrina (também conhecida como adrenalina), aumentando nosso ritmo cardíaco, fazendo-nos suar, reduzindo o estresse e preparando nosso corpo para mais contato físico. Ela também tem o potencial de distorcer nossa percepção do beijo. A excitação que sentimos pode intensificar a experiência (ou até mesmo nos enganar, de modo a continuarmos em um relacionamento potencialmente indesejável). Mas quando o estado de ânimo, as emoções e os sinais químicos são os certos, um beijo pode ser apenas o início de uma noite muito íntima.

MAS AINDA NÃO TERMINAMOS com o cérebro e o beijo, pois esse órgão incrível não só participa do processamento dos dados sensoriais e dá resposta a eles, como também está ocupado criando lembranças. E os beijos são ideais para isso. O psicólogo John Bohannon, da Universidade Butler, Indianápolis, descobriu que a maioria das pessoas consegue relembrar até 90% dos detalhes de um primeiro beijo romântico. Em seu estudo com quinhentas pessoas, a maioria lembrou essa experiência mais vividamente do que a primeira relação sexual.

A equipe de Bohannon pressupôs que a perda da virgindade seria uma recordação mais marcante entre os participantes do estudo. No entanto, o primeiro beijo deixara uma marca mais indelével, independentemente de quanto tempo tivesse passado desde que acontecera. Bohannon determinou que essa lembrança é tão importante que nunca a perdemos ao longo do tempo, não importa se aconteceu há seis meses ou 25 anos. Seja como for, os participantes conseguiam recordar o primeiro beijo com a mesma quantidade de detalhes. Bohannon também relatou que, quando o casal fica muito excitado durante a troca de um beijo, eles são mais propensos a se lembrar dos mesmos detalhes.

Está claro que o poder de um beijo não se limita à impressão que deixa na memória: o impacto da estimulação sexual dos lábios também pode ser surpreendente. Alfred Kinsey relatou que algumas mulheres conseguem chegar ao orgasmo durante a troca de beijos profundos e prolongados, mesmo sem nenhum contato genital.

Agora que já analisamos como um beijo pode afetar nosso corpo, é hora de examinar mais de perto os aspectos mais importantes e particulares da biologia humana. Os próximos quatro capítulos explorarão como os dois sexos vivenciam o beijo; o poder do olfato para despertar a percepção de que estamos diante de um companheiro em potencial (ou não) depois de apenas um beijo; o papel dos hormônios, que nos leva pelo caminho do beijo ao amor; e, finalmente, os germes que fazem do beijo o vetor de pelo menos alguns pequenos riscos, além dos assuntos do coração.

> ### BEIJANDO SOB O EFEITO DE BEBIDAS ALCOÓLICAS
>
> *Quando você bebe ou se droga, suas habilidades para dirigir não são as únicas afetadas. Colocar esses produtos químicos no cérebro altera seu estado cognitivo e emocional, e também afeta muito sua experiência com atividades íntimas.*
>
> *Como já vimos, alguns neurotransmissores associados ao beijo são estimulados pelo uso de drogas, principalmente a dopamina, responsável pelas sensações de desejo e recompensa. O mesmo ocorre com as bebidas alcoólicas. Como acontece com um beijo bem dado, tanto a dopamina como as bebidas alcoólicas estimulam os centros de prazer no cérebro e nos fazem sentir bem.*
>
> *Portanto, misturar um primeiro beijo com essas substâncias pode mudar drasticamente sua percepção de beijar alguém – extremamente importante quando acontece com um novo parceiro, ou parceira, e os sentimentos intensos são erroneamente atribuídos à outra pessoa, quando, na realidade, eles são o resultado daquilo que você ingeriu. Então, no instante em que os lábios se tocam, pode*

haver uma excitação, ou você até pode achar que está apaixonado. E o que você considera um grande beijo pode levar rapidamente a algo mais físico por causa de um julgamento equivocado. Por outro lado, ficar sóbrio nessas circunstâncias pode ser um despertar brutal, porque na realidade seu comportamento foi muito mais motivado pelas drogas e a bebida alcoólica do que pela outra pessoa.

Capítulo 6

AS MULHERES SÃO DE VÊNUS, E OS HOMENS SÃO FÁCEIS

Antes de prosseguir, eu gostaria de escrever algumas linhas sobre os gêneros. Assim como no caso dos exames médicos de rotina e selins de bicicleta, as necessidades dos homens e das mulheres também são diferentes em relação ao beijo. Uma busca rápida na internet nos permite vislumbrar como muitas vezes ficamos confusos com os desejos do sexo oposto nessa área. Por exemplo, um conselho atual sobre o beijo, publicado na revista *Men's Health*, diz o seguinte:

> Chupe a língua dela imitando o jeito como você chuparia o clitóris. Ela entenderá muito rapidamente, e talvez você depois possa deixá-la chupar seu dedo para retribuir o favor.

Em defesa do articulista, vale lembrar que o beijo de boca aberta e a cunilíngua são frequentemente associados em muitas culturas. Porém, enquanto essa técnica *talvez* funcione de vez em quando para um cavalheiro particularmente carismático, o novato que tentar impressionar uma paquera inocente com esse procedimento talvez não se saia tão bem. Basta dizer que se qualquer pretendente inexperiente tiver intenções de beijar, eu o previno seriamente para não levar essas instruções ao pé da letra.

As mulheres não estão em melhores condições em relação aos conselhos que recebem. É até possível que estejam ainda mais confusas. Mas as páginas na internet dedicadas a elas também dão algumas sugestões divertidas – se não erradas. Por exemplo, enquanto eu escrevia este livro, *iVillage.com* publicou um artigo intitulado "Kiss Your Way to Better Sex" [Beije rumo a um sexo melhor] com instruções para "como guiá-lo para beijar melhor". Eis uma amostra:

> Para incrementar seu estilo [de beijar], é importante que você use instruções curtas, tais como "mais leve", "direita", "esquerda" etc.

Tudo bem. Pode ser que esse conselho seja útil para alguns casais que se comunicam abertamente. Contudo, muitos homens poderão entendê-lo de maneira desajeitada, quando não intimidante, principalmente porque um ambiente confortável é muito importante para que um beijo dê certo.

Eu não estou sugerindo que ignoremos as sugestões dos gurus populares sobre os beijos, mas esses exemplos ilustram como os homens e as mulheres pensam frequentemente sobre os vários e diferentes aspectos de um encontro. A ciência pode nos ajudar a compreender o porquê. Apesar de o beijo servir para muitos propósitos, ele é parte do comportamento sexual do ser humano, uma área em que as motivações dos homens e das mulheres diferem. Como John Gray disse, Marte e Vênus, inclusive com seus dados particulares.

Por exemplo, em uma pesquisa recentemente publicada na revista *Evolutionary Psychology*, os pesquisadores da Universidade de Nova York, Albany, perguntaram a 1.041 universitários heterossexuais não graduados quais eram suas preferências em relação ao beijo. Para ter certeza de que as respostas estavam fundamentadas em experiências pessoais, o estudo excluiu aqueles que responderam nunca ter beijado alguém.

Os cientistas estavam interessados em saber como o beijo contribui na escolha de um parceiro e no estabelecimento de uma relação com ele, ou ela, e qual seu impacto na excitação e receptividade sexual. Os resultados foram extremamente esclarecedores à medida que uma surpreendente divisão entre os sexos emergia. Por exemplo, apenas uma entre sete mulheres respondeu que consideraria ter sexo com alguém que não a tivesse beijado. Por outro lado, a maioria dos homens respondeu que não seria nenhum empecilho.

Isso foi apenas o início. Havia muito mais probabilidade de as mulheres considerarem o beijo uma boa maneira para avaliar um futuro companheiro ou começar, manter e monitorar um relacionamento de longo prazo. Elas também avaliaram que o sabor e o cheiro do beijo de um homem eram muito significativos para determinar se deviam continuar beijando-o naquele instante ou no futuro. As mulheres se mostraram muito mais interessadas em dentes de aparência saudável e informaram que valorizavam a experiência do beijo muito mais do que os homens, antes, durante e depois de um encontro sexual.

Em contrapartida, os homens foram muito menos exigentes e se mostraram muito mais interessados na atratividade do rosto e do corpo. Para eles, "encontrar uma mulher que "beija bem" era motivo suficiente para iniciar um relacionamento, e também eram muito mais propensos a beijar alguém que "somente quisesse fazer sexo". De modo geral, os homens davam menos importância ao beijo nos relacionamentos, independentemente do tempo que estavam com alguém. Por último, a pesquisa revelou que os homens eram muito mais propensos a fazer sexo com uma mulher que consideravam uma péssima beijadora.

Claro que nessa experiência as mulheres valorizaram o próprio beijo muito mais do que os homens e o trataram como uma espécie de teste decisivo para avaliar a condição de um relacionamento. Enquanto isso, os homens pareceram menos interessados em decifrar o significado dessa troca e mais voltados a considerá-la como uma maneira de induzir à excitação ou perceber os indícios da receptividade sexual de uma mulher (há inclusive estudos sobre estupros cometidos por conhecidos que afirmam que os homens se acham mais no direito de forçar um ato sexual com uma mulher depois de trocarem beijos). Além disso, as diferenças observadas pelos psicólogos de Albany não se limitaram aos norte-americanos. Behavioristas também obtiveram resultados semelhantes em outras partes do mundo. Os psicólogos Marita McCabe e John Collins, da Universidade Macquarie, Austrália, pesquisaram os desejos dos homens e das mulheres durante os estágios iniciais de um novo relacionamento. Eles descobriram que os homens expressavam seu desejo de tocar os seios e a genitália das suas parceiras com mais frequência, enquanto as mulheres muitas vezes prefeririam trocar beijos sensuais e ter contato físico.

Será que tudo isso apenas confirma o que os *reality shows* e novelas vêm sugerindo durante todo esse tempo?

As mulheres são de Vênus, e os homens são fáceis

Que a maioria dos homens passa a vida toda fazendo o que for preciso para "se dar bem"? Não exatamente. Porém, é evidente que eles dão uma importância menor ao beijo, principalmente com uma parceira de curto prazo. Para eles, beijar parece ser um meio para se chegar a um fim: eles trocam saliva com a esperança de poder trocar outros fluidos depois. Então, mesmo que as páginas da internet que examinei tenham falhado em dar bons conselhos sobre o beijo para seus leitores, elas provavelmente convergem para os interesses e suposições de seu público-alvo.

FOI MAIS OU MENOS NESSE ponto da minha pesquisa sobre a diferença entre as reações ao beijo entre os gêneros que comecei a sentir uma grande frustração. Eu não gosto de clichês sobre gêneros porque muitas vezes eles não passam de generalizações sem sentido.

Além do mais, eu estava um pouco cética a respeito dos resultados dos estudos descritos acima e queria provar que os homens e as mulheres são menos previsíveis do que aqueles resultados sugeriam. Pense um pouco nas possíveis falhas: o estudo da revista *Evolutionary Psychology* examinou somente estudantes universitários – uma época na vida dos homens em que eles estão saturados de testosterona, ousados e sabe-se lá mais o quê. Da mesma forma, as mulheres pesquisadas provavelmente estavam ficando cansadas de gastar seu tempo com esses homens e ter de aguentar suas investidas constantes. Além disso, o estilo de vida das moradias estudantis dificilmente reflete como a população em geral vive, e os métodos dos pesquisadores levaram apenas em consideração os sujeitos heterossexuais. Por conseguinte, eu achava que meus colegas e conhecidos não me dariam respostas tão polarizadas, porque sua vida e perspectivas eram muito mais imprevisíveis e diferentes daquelas dos estudantes voluntários.

Então decidi fazer minha própria pesquisa informal e perguntei a oitenta professores, escritores, mães e donas de casa, cientistas, operários de construção, vendedores, professores universitários, advogados, estudantes e empresários aposentados sobre suas atitudes em relação ao beijo com base nas perguntas da pesquisa original. O grupo incluía 42 mulheres e 38 homens. Como eu os conhecia pessoalmente, minha "sondagem" não era aleatória e não podia realmente ser considerada científica, porém a idade dos sujeitos da pesquisa ia dos dezoito até os oitenta anos de idade, e incluía héteros, homos e bissexuais. A maioria tinha vivido em várias partes diferentes do mundo, e a gama das situações dos relacionamentos era a seguinte: solteiro, casado, divorciado, casado pela segunda vez, viúvo e "é complicado".

Eu esperava acabar com algumas suposições sobre gênero.

Foi então que tive a maior surpresa: eu *não poderia*. Conforme relatado, originalmente, na revista *Evolutionary Psychology*, e apesar do grupo muito diferente de pessoas que eu questionei, em geral, as tendências se encaixavam perfeitamente com o meu questionário informal. A maioria dos homens admitiu ansiedade para iniciar atividades sexuais com ou sem beijo, enquanto várias mulheres ligaram ou mandaram um e-mail perguntando como elas se encontrariam naquela situação, em primeiro lugar. Apenas três mulheres (cerca de 7%) disseram que pensariam a respeito, enquanto duas perguntaram se a questão implicava prostituição de forma sutil.

A meu ver, meus amigos poderiam perfeitamente ser os universitários. Com minhas esperanças de acabar de vez com os estereótipos de gênero, eu não tinha outra escolha: liguei para um dos autores do estudo original sobre "as atitudes do beijo", o psicólogo evolucionista Gordon Gallup Jr., da Universidade de Nova York, Albany, a fim de pedir sua ajuda para lidar com os resultados.

Depois de dar uma lida rápida no estudo, Gallup Jr. explicou pacientemente que as atitudes relacionadas ao beijo eram mais complexas do que pareciam. As pesquisas realizadas por psicólogos evolucionistas realmente apontam que as mulheres tendem a dar uma ênfase maior ao beijo, porém, para meu alívio, Gallup Jr. enfatizou que o beijo também é importante para os homens – só que de maneira diferente.

Ao contrário das mulheres, os homens são menos exigentes biologicamente em relação ao beijo porque têm a capacidade de espalhar milhões de espermatozoides por aí. Os homens produzem esse material em abundância, incessantemente. Cada espermatozoide é como um míssil carregado de DNA, armado com 23 cromossomos e programado para encontrar e atacar seu objetivo depois de disparado. A única missão dessa usina microscópica é vencer milhões de concorrentes, fundir-se com o óvulo de uma mulher e criar um novo ser humano composto de 46 cromossomos.

A não ser em caso de doença ou problemas de saúde, a quantidade de espermatozoides que um único homem produz durante a vida é praticamente ilimitada. Com muita resistência física e determinação, ele poderia, teoricamente, impregnar centenas, até milhares de mulheres. A biologia não exige que ele carregue um bebê em desenvolvimento durante nove meses até o parto, ou que o amamente, cuide dele ou até o sustente financeiramente (embora na nossa sociedade contemporânea a lei o exija). De uma perspectiva estritamente "Huum! Aaah! Obrigado, moça!", um homem é capaz de estar pronto para a próxima conquista em questão de minutos.

Pense no famoso estuprador e saqueador do século XIII, Gengis Khan. Ele não só tinha acesso a seis esposas mongóis e a muitas filhas de reis estrangeiros cujas terras conquistou, como também estuprou inúmeras mulheres enquanto devastava a China e os países vizinhos. As moças mais bonitas das aldeias saqueadas eram entregues a Khan para relações sexuais forçadas, atos brutais que resultaram em muitos, muitos filhos. Esse homem foi tão bem-sucedido reprodutivamente que os geneticistas descobriram que seu DNA continua ativo ainda hoje em cerca de dezesseis milhões de homens que vivem na Ásia, da Manchúria até o Uzbequistão e o Afeganistão. Portanto, um único homem que viveu há quase mil anos pode ser o ancestral direto de um em cada duzentos homens que vivem neste planeta atualmente.

Se a produção ilimitada de espermatozoides não é motivo suficiente para os homens manterem relações sexuais ao acaso e não darem uma ênfase maior à importância do beijo como uma maneira de identificar a companheira perfeita, eles também têm outra grande vantagem sobre as mulheres: o tempo. Os homens podem continuar a inseminar mulheres férteis durante muitas, muitas décadas. Por exemplo, em 2007, na Índia, um fazendeiro chamado Nanu Ram Jogi teve seu 25º filho aos noventa anos de idade com sua quarta esposa. Segundo as entrevistas, ele espera ter mais.

Independentemente de aonde as mulheres chegaram nas últimas décadas, existem ainda algumas áreas nas quais elas não podem nem cogitar competir. Somos diferentes dos homens biologicamente, e até os pais mais devotados são fisicamente incapazes de investir parentalmente da mesma forma em toda prole. Apesar dos avanços da medicina moderna, quando falamos em acasalamento e reprodução, as mulheres têm muito mais responsabilidade e também muito menos oportunidade.

Nascemos, literalmente, com todos os nossos ovos em dois cestos (os nossos ovários). As recém-nascidas chegam ao planeta Terra com de um a dois milhões de óvulos imaturos chamados folículos, que, em sua grande maioria, morrem cedo. Na puberdade, restam em média 400 mil. Depois, cada vez que ovulamos, soltamos um óvulo maduro junto com cerca de mil folículos. No final, apenas cerca de quatrocentos folículos originais chegam à maturidade, dando-nos, em média, cerca de trinta e quatro anos férteis antes da menopausa. Enquanto ainda estamos ovulando, cada óvulo tem apenas cinco ou seis dias para ser fertilizado antes de ser expulso pela menstruação.

Portanto, a vida não é exatamente justa quando se trata de termos uma oportunidade para transmitir nossos genes. Quatrocentos óvulos maduros *versus* número ilimitado de espermatozoides não permitem um jogo igualitário. No entanto, as mulheres têm uma vantagem extremamente importante que faz toda a diferença no jogo do acasalamento: excluindo os casos de barriga de aluguel, a mulher sempre tem certeza de que o bebê que está concebendo contém suas informações genéticas. Em contrapartida, pelo menos até as mais recentes inovações tecnológicas em análise do DNA, os homens nunca puderam ter tanta certeza. Considere os seguintes dados: nos Estados Unidos, 30% dos homens que optam por fazer um teste de paternidade descobrem que não são o pai da criança (é importante observar que os homens que querem ser testados provavelmente têm motivos para desconfiar da paternidade desde o início, portanto, esse valor talvez apresente um desvio muito acima da média e não represente a população em geral).

É evidente que as mulheres têm um interesse pessoal em escolher o pai que permanecerá ao seu lado e a ajudará a criar a criança. Para isso, precisamos encontrar maneiras – como o beijo – para avaliar se um homem tem "bons genes", se é saudável, e garantir que nossa prole tenha o melhor começo possível na vida. A partir do momento que encontramos esse parceiro pelos lábios, temos muito trabalho pela frente. Interpretamos ativamente todas as espécies de informações críticas a seu respeito. Se uma união estiver destinada a dar errado – geneticamente, comportamentalmente ou de outra maneira –, cabe à mulher, com um suprimento de óvulos limitados e senescentes, sabê-lo o quanto antes. Ela se beneficiará ao se separar do parceiro enquanto ainda houver uma boa oportunidade de reproduzir com outro homem.

Se olharmos as estatísticas de divórcios no mundo, veremos isso. Em outro estudo, Gallup Jr. e seus colegas examinaram um milhão e setecentos mil rompimentos no mundo e encontraram algumas tendências preocupantes. Entre casais de vinte anos de idade ou menos à época, em espantosos 99% dos casos, a mulher era quem entrava com um processo de divórcio. Alguns desses casais eram muito jovens, mas as mulheres estão mais dispostas a iniciar um processo de divórcio até os 65 anos de idade, apesar de essa possibilidade diminuir à medida que envelhecemos. De alguma maneira, as mulheres parecem "saber" que, se as coisas não estão certas durante a maior parte do período reprodutivo, o melhor é cair fora o mais rápido possível.

Em nossa entrevista, Gallup Jr. também explicou que, principalmente para as mulheres, um beijo é provavelmente um dos primeiros indicadores da possibilidade de tentar uma união, ou seja, um teste rápido de compatibilidade. Em vez de o relacionamento seguir até um processo de divórcio, às vezes um beijo pode interromper um casal destinado ao fracasso antes de irem mais longe, motivo pelo qual ele pode ser tão crítico. Uma mulher que não gosta da experiência está "aprendendo" que não é muito compatível com o parceiro enquanto seu corpo a "informa" para não gastar tempo nem energia com essa pessoa. Por outro lado, um beijo cujo sabor e sensação são bons fomenta sensações positivas e a motiva para aprofundar a ligação.

Como ela sabe que está beijando o homem certo? É o que saberemos no próximo capítulo. Como o beijo envolve a troca de inúmeras informações por intermédio da química do corpo, do olfato e do tato, os seres humanos provavelmente desenvolveram maneiras para usar tudo isso para ajudá-los a determinar se continuar com um relacionamento é o melhor para eles. Subconscientemente, os dois parceiros coletam indícios sobre a saúde do outro, seu potencial de reprodução, inclusive para saber se seus códigos genéticos são compatíveis.

A essa altura, porém, não há como evitar: os homens e as mulheres abordam o beijo com expectativas, atitudes e preferências muito diferentes. Mas, não desanime, o beijo continua sendo prazeroso para praticamente todo mundo. Em 2003, uma pesquisa da Universidade Brigham Young, Utah, com 295 universitários, descobriu que os entrevistados classificavam o beijo na boca acima das massagens, abraços, carícias, afagos, ficar de mãos dadas e beijos no rosto. Embora esse estudo tenha sido realizado em uma escola mórmon, com sérias restrições a contatos sexuais entre homens e mulheres, a conclusão foi praticamente universal. Ao todo, os pesquisadores mostraram que o número de beijos trocados entre um casal era proporcional às informações recebidas sobre seu nível de satisfação com o relacionamento.

Portanto, não há dúvidas: evolutivamente os homens são menos exigentes quanto a parceiros do que as mulheres. Mas Marte e Vênus ainda conseguem valorizar o beijo. E os membros dos dois sexos podem melhorá-lo, não importa quais sejam seus objetivos, e ambos têm fortes motivações para agir assim. Ambos os gêneros podem perceber o beijo de maneiras diferentes, mas, no fim das contas, não devemos esquecer: ele também os *aproxima*.

O EFEITO COOLIDGE

Como vimos no Capítulo 5, há uma injeção de dopamina em decorrência de novas experiências. É provável que esse processo esteja associado ao fenômeno conhecido como "efeito Coolidge", nome científico para o declínio da atração sexual nos relacionamentos ao longo do tempo.

O efeito Coolidge deve seu nome a uma anedota famosa que, dizem, aconteceu durante a

*presidência de Calvin Coolidge (1923-29):
certa vez, a primeira-dama Grace Coolidge
passou por um galinheiro de uma fazenda
do governo no instante em que um galo
acasalava com uma galinha. Quando foi
informada de que o galo copulava com dezenas de galinhas por dia, ela respondeu:
"Conte isso para o presidente". Quando seu
marido foi informado das proezas sexuais
do galo, ele perguntou se cada galo copulava sempre com a mesma galinha. Quando
soube que cada galo tinha muitas fêmeas,
o presidente teria respondido: "Conte isso
para a sra. Coolidge".*

Capítulo 7

PERFUME DE HOMEM

No filme *De volta para o futuro* (1985), o personagem Marty McFly viaja trinta anos para o passado e encontra seus pais ainda adolescentes. Depois de atrapalhar a hora em que eles se encontram pela primeira vez, ele fica horrorizado quando percebe que sua mãe se apaixona por ele em vez de por seu pai. Então, Marty planeja um plano complicado para reuni-los e leva Lorraine para o baile do colégio. Enquanto ainda estão sentados no carro, ela o agarra, seu filho, e o beija na boca. Felizmente, naquele momento os sentimentos românticos de Lorraine por Marty mudam de repente. "Está tudo errado", diz Lorraine. "Eu não sei o que é, mas quando beijo você é como se estivesse beijando meu irmão."

Tanto na tela como fora dela não é incomum beijarmos alguém que parece perfeito apenas para descobrirmos que não estamos mais interessados depois que os lábios se encontram. Até aquele momento, as estrelas pareciam estar perfeitamente alinhadas para embarcarmos em um relacionamento fantástico, mas depois sentimos instintivamente que algo está errado. O primeiro beijo é um risco necessário em qualquer relacionamento sexual. Um estudo psicológico recente constatou que

59% dos homens e 66% das mulheres disseram que já romperam por esse motivo.

Como é possível que algo aparentemente simples provoque um revés tão dramático? Como veremos, além de alguns genes importantes, o responsável talvez seja nosso olfato e, o que talvez seja mais controverso, os mensageiros químicos chamados feromônios. Quando temos de decidir se devemos continuar um relacionamento nos estágios iniciais, nosso nariz pode ser o grande estraga-prazeres nesse momento.

O olfato é uma forma do que os cientistas chamam de "quimiorrecepção" – um modo natural para reconhecer as informações químicas do nosso meio ambiente para sabermos mais sobre situações específicas. Durante muito tempo, a ciência subestimou a capacidade desse sentido, presumindo que, em comparação com os outros animais, os seres humanos tinham poucas habilidades olfativas. As provas da evolução dos seres humanos parecem apoiar essa suposição: a posição ereta afastou os narizes dos nossos ancestrais do chão aromático e, por conseguinte, desenvolvemos "trombas" menores do que as outras espécies de primatas. Os geneticistas concluíram que, em comparação com nossos ancestrais não humanos, temos menos genes direcionados para detectar cheiros.

Mas isso não significa que nosso sentido do olfato deva ser menosprezado. Em 2004, o neurocientista Gordon Shepherd, da Universidade de Yale, Connecticut, analisou uma pesquisa sobre o olfato humano e concluiu que ele provavelmente é mais importante do que se reconhece em geral. De fato, segundo Shepherd, nossas cavidades nasais, nossos cérebros e nossas habilidades orais nos permitem analisar os cheiros de um modo mais abrangente do que os outros animais.

Não surpreende que o cheiro tenha um papel fundamental quando dividimos um espaço apertado com outra pessoa. Por exemplo, os poetas da Roma Antiga descreviam beijos tão perfumados como flores frescas e incenso. Apesar de provavelmente se permitirem certa licença poética, não resta nenhuma dúvida de que o cheiro de uma pessoa tem um forte efeito sobre quem a encontra e que funciona para atrair ou repelir o outro.

Em relação ao beijo, fatores como uma higiene ruim e mau hálito certamente podem estragar um momento promissor, porém, muitas vezes, o que mais impressiona é o cheiro natural do nosso corpo. No mundo todo, as pessoas descrevem os cheiros dos amantes, cônjuges, crianças e amigos como agradáveis, enquanto muitas vezes se recordam dos cheiros de estranhos da forma oposta. Como isso acontece? Para entendermos o que ocorre, precisamos explorar as fontes mais importantes do cheiro natural do corpo: as glândulas sebáceas e apócrinas.

As glândulas sebáceas estão localizadas na pele ao longo de todo nosso corpo, mas estão mais concentradas em volta do nariz, pescoço e rosto. Essas glândulas secretam uma substância oleosa, o sebo, que contém nosso odor pessoal. Quando chegamos à puberdade, o fluxo de sebo aumenta, e o cheiro torna-se mais pronunciado. Os seres humanos são muito sensíveis a esse odor, talvez ainda mais quando se beijam, geralmente com o nariz pressionado diretamente contra a pele do outro.

Alta concentração do cheiro de um indivíduo também é liberada pelas glândulas apócrinas, situadas na intersecção da pele com a camada de gordura armazenada bem abaixo dela. Pode ser encontrada no corpo todo, mas se concentra principalmente nas axilas e na região genital, onde crescem mechas de cabelos que servem como uma espécie de isca. Essas glândulas se tornam mais acentuadas durante a puberdade e liberam pequenas secreções que se dissolvem no suor e se espalham. À medida que a solução se mistura com as bactérias, ela se torna mais pungente. Os cientistas denominaram toda essa região das axilas de "órgão aromático axilar". O interessante é que alguns povos de algumas regiões do mundo, como no Sudeste Asiático, às vezes têm menos glândulas apócrinas do que aqueles de outros países, como na Europa e na África.

O órgão axilar é exclusivo dos seres humanos e primatas, o que sugere que seu desenvolvimento seja relativamente recente. Há muito tempo os antropólogos consideram que esse órgão desempenha um papel importante na produção de um cheiro provocante para atrair membros do gênero oposto. É verdade que o que era provocante há milhares de anos não o é necessariamente nos dias de hoje, porém, existem muitos indícios na história mais recente sobre o poder dos cheiros axilares e seu papel nos relacionamentos e no sexo.

Em 1840, o médico inglês Thomas Laycock definiu o cheiro axilar como "almiscarado [...] definitivamente o cheiro sexual de um homem". No início da década de 1900, os cientistas descreveram os odores que emanavam de ambos os gêneros como atraentes. Em 1975, o psicólogo Benjamin Brody relatou um costume da Áustria rural de as moças dançarem com uma fatia de maçã debaixo das axilas e depois a darem ao cavalheiro que mais a merecia. Este, por sua vez, comia o fruto educadamente, até com alegria. Certamente é uma maneira incomum de cortejar, mas, se nossas secreções corpóreas são tão poderosas como a ciência sugere, é muito provável que esse costume seja eficiente.

Em 1977, o etologista austríaco Irenäus Eibl-Eibesfeldt descreveu um tipo de cerimônia de despedida entre os membros da tribo dos Gidjingali, na Austrália. Primeiro um homem esfregou as mãos debaixo das axilas e depois as mãos de quem ia embora; em seguida, tocou o peito da pessoa e o seu. Apesar de parecer estranho para nós, esse ritual demonstra que os odores do corpo desempenham um papel importante na manutenção das relações sociais entre os seres humanos ao redor do mundo.

As glândulas apócrinas são maiores nos homens, e cada sexo abriga uma comunidade diferente de bactérias, o que lhes confere um cheiro diferente. Enquanto a região genital parece ser o lugar óbvio para a localização dessas glândulas, os cientistas não sabem exatamente por que também existem nas axilas. O zoólogo Desmond Morris sugeriu que o cheiro axilar serve para estimular a outra pessoa durante o sexo face a face, quando a cabeça de cada participante está muito próxima das axilas do outro, mas isso ainda precisa ser pesquisado.

Ainda assim, há motivos para pensar que os odores exalados pelas glândulas sebáceas e apócrinas podem começar ou terminar um relacionamento. O papel fundamental desse processo poderia deslanchar o primeiro beijo que aproxima duas pessoas ao máximo, servindo como uma espécie de primeira avaliação, e às vezes até incluir a troca de um pouco de sebo junto com a saliva.

No entanto, não é apenas nossa reação consciente ao cheiro do outro que pesa. Em um nível inconsciente, o sentido do olfato também pode ajudar-nos a avaliar nossa compatibilidade genética com um parceiro sexual em potencial.

Há muito tempo que os cientistas sabem que os seres humanos exibem sua aptidão genética para o sexo oposto usando certos atributos físicos. Por exemplo, vários estudos revelaram que nos sentimos atraídos por pessoas com traços faciais mais simétricos e que reconhecemos subconscientemente aqueles que são um indicador de saúde e "bons" genes. Assim, um queixo quadrado é considerado "másculo" porque é uma exibição visível de testosterona, enquanto uma cintura fina e quadris largos representam uma capacidade reprodutiva nas mulheres. Em algumas culturas, os traços físicos desses exemplos foram valorizados ou associados com "beleza", porque conseguem fornecer informações sobre as condições da saúde, idade e fertilidade da pessoa.

Provavelmente há muito mais na avaliação subconsciente da condição genética de um parceiro do que os olhos conseguem enxergar. Afinal, a visão é apenas um dos cinco sentidos. Várias pesquisas sugerem que o olfato também nos ajuda a detectar parceiros adequados e permite, de certa forma, que cheiremos seus genes.

Um dos pontos mais discutidos na seleção humana de um companheiro, ou companheira, é o MHC – Complexo Principal de Histocompatibilidade (do inglês *major histocompatibility complex*) –, um grupo de genes que controla como nosso sistema imunológico se defende das doenças. Os genes MHC contêm a receita de DNA de um determinado conjunto de proteínas localizadas nas superfícies externas das células do nosso corpo, cuja função é diferenciar as células que pertencem ao nosso organismo das bactérias, vírus ou fungos. Quando uma pessoa apresenta uma variação maior de genes MHC, fica mais fácil para o corpo reconhecer esses invasores estrangeiros.

A diversidade do MHC também é muito importante para produzir filhos com sistemas imunológicos flexíveis e versáteis. As crianças se beneficiam mais ao receberem genes MHC distintos de seus pais. Ele faz que detectar a variação de MHC em um parceiro seja muito importante para a saúde e a sobrevivência da próxima geração.

Mas como podemos identificar os parceiros românticos em potencial com um MHC diferente? Certamente não faremos um sequenciamento do seu DNA. Em vez disso, os sinais mais poderosos podem ser transmitidos pelo cheiro natural.

Vejamos a famosa "experiência da camiseta suada" de 1995, na qual o biólogo suíço Claus Wedekind, da Universidade de Lausanne, Suíça, analisou a sensibilidade das mulheres a odores masculinos. Ele selecionou 49 mulheres e 44 homens após analisar o DNA e determinar o tipo de MHC de cada participante. Os homens usaram a mesma camiseta durante duas noites e depois as devolveram para Wedekind. Sua equipe colocou cada camiseta dentro de uma caixa com um orifício para permitir que cheirassem o conteúdo. As mulheres provavam o cheiro de sete caixas e descreviam cada uma de acordo com a agradabilidade, sensualidade e intensidade do cheiro.

Os resultados foram surpreendentes: quase todas as mulheres preferiram as camisetas com cheiro de genes MHC diferentes dos seus, o que sugere que somos capazes de determinar nossa compatibilidade genética com futuros parceiros apenas por nossos narizes. Esse pode ser o caso principalmente das mulheres, que têm olfato e paladar mais aguçado do que os homens, intensificado ainda mais durante a época de pico da fertilidade.

Muitos estudos subsequentes foram realizados depois da "experiência da camiseta suada" original, produzindo resultados semelhantes. Em uma pesquisa suplementar, por exemplo, os sujeitos do teste também avaliaram as roupas usadas por seus parceiros e filhos como as com o cheiro mais agradável. Um resultado muito intrigante foi apresentado por um estudo de 2006, realizado na Universidade Novo México, Las Cruces, México, que pesquisou o gene MHC e o comportamento de 49 casais na cama. Os pesquisadores constataram que as mulheres que eram mais diferentes geneticamente de seus parceiros relataram um grau de satisfação sexual maior. Por outro lado, aquelas com gene MHC semelhante informaram ter mais fantasias com outros homens e também demonstraram uma tendência maior de enganar seus parceiros.

Desde então, os cientistas publicaram vários artigos sugerindo que nossos odores preferidos emanam das pessoas cujos sistemas imunológicos diferem do nosso. No entanto, há uma exceção enorme e muito importante: as mulheres que tomam pílula anticoncepcional apresentaram uma reação oposta. Ao invés de se sentirem mais atraídas pelo cheiro de homens geneticamente diferentes, elas preferiram aqueles com genes MHC mais parecidos com os seus.

Os cientistas não sabem ao certo por que esse efeito ocorre, porém, uma teoria interessante (apesar de extremamente especulativa) sugere que talvez tenha a ver com o modo como a pílula anticoncepcional funciona. Os anticoncepcionais hormonais costumam enganar o corpo da mulher para que ela acredite que está grávida. Depois da fertilização, a mulher grávida não precisa mais procurar um parceiro geneticamente adequado. Em vez disso, ela tem todo interesse em permanecer perto de sua própria família e daqueles que possivelmente cuidarão dela e da criança. Ou seja, pais, irmãos e primos, que provavelmente tem genes e odores mais parecidos com os seus, podem ter aromas mais chamativos durante a gravidez. Por conseguinte, as mulheres que praticam o controle da natalidade talvez sejam mais atraídas pelos odores de homens que estão longe de ser a combinação genética ideal para a reprodução.

Se for verdadeiro, é possível que parar ou continuar a tomar a pílula durante um relacionamento altere o nível de atração percebida de uma mulher por seu companheiro. Foi sugerido também que essa transição estaria relacionada às taxas de divórcio entre casais jovens. Quando uma mulher e o marido querem ter um filho, e ela para de tomar a pílula, a química romântica é afetada e gera tensão no relacionamento.

No entanto, embora não deixe de ser uma possibilidade intrigante, não está claro até que ponto o MHC é significativo na escolha do parceiro de uma mulher. Além disso, vários fatores complexos além da genética trabalham para manter os casais bem-sucedidos juntos ou obrigar os malsucedidos a se separarem. A relação entre MHC e atração sexual continua sendo explorada e debatida. Por exemplo, algumas pesquisas sugerem que ambos os sexos têm uma preferência pelo algum odor relacionado ao MHC, enquanto outros estudos indicam que ele afeta principalmente as mulheres. Portanto, embora pareça haver algum tipo de correlação entre nossos genes imunológicos e nossas preferências na escolha de um parceiro, a ciência provavelmente não deveria supervalorizá-la, principalmente quando tão pouco do genoma humano foi de fato compreendido.

Um geneticista que entrevistei disse o seguinte: procurar a chave para a química dos relacionamentos entre os seres humanos em uma única região do nosso vasto genoma, como o MHC, é algo como um bêbado que procura as chaves do carro debaixo de um poste de iluminação na rua. Se esperamos encontrar respostas num lugar específico do código genético talvez seja exatamente por ser uma das poucas áreas iluminadas onde sabemos procurar.

Ainda assim, talvez a observação do poeta William Cowper tenha algo de verdadeiro: "A variedade é o próprio tempero da vida, é ela que lhe dá todo o sabor". Em termos genéticos, descobrir essa variedade exige uma proximidade estreita com a outra pessoa, ou seja, cruzar as fronteiras sociais e culturais que demarcam "o espaço pessoal". Um beijo é uma das poucas maneiras para transpor essa distância de maneira não ameaçadora e mutuamente aceitável. Desse modo, o beijo pode servir como nosso guia genético.

EXISTEM AINDA OUTRAS teorias científicas mais controversas a respeito de como nosso corpo obtém informação sobre os requisitos adequados do nosso parceiro. Em 1959, o bioquímico alemão Peter Karlson e o entomologista suíço Martin Lüscher apresentaram ao meio científico o termo "feromônio" (que, em grego, significa "portador de excitação"). Karlson e Lüscher usaram o termo para descrever a substância liberada por um animal para provocar uma reação comportamental ou de desenvolvimento em outro indivíduo da mesma espécie. Apesar de essa definição funcionar muito bem para insetos como mariposas e cupins, conhecidos por depender dos feromônios para atrair companheiros, localizar comida e dar sinais, é muito mais complexo entender como aplicá-la em seres vertebrados como nós.

Por exemplo, examinemos os ratos de laboratório. Sabemos que conseguem detectar feromônios e que liberam grande quantidade deles na urina. No entanto, os cientistas têm batalhado para determinar que componentes dessa mistura são os responsáveis por um comportamento específico em outro rato. A mistura da urina de um rato contém centenas de compostos orgânicos diferentes, e uma reação individual a eles pode ser influenciada por muitos fatores exteriores à química, tais como o medo ou a curiosidade. Portanto, mesmo quando sabemos que os feromônios estão presentes, obter uma relação causal entre uma reação química particular e uma reação comportamental específica é desafiador.

Em outros casos, porém, é muito mais fácil observar os feromônios em ação. Consideremos os suínos, que têm um órgão vomeronasal entre o nariz e a boca, que detecta essas substâncias químicas inodoras. Os suínos machos produzem uma substância química chamada androstenona na saliva, e quando as fêmeas da espécie a detectam elas assumem uma postura rígida e se preparam para serem cobertas – um belo exemplo do efeito evidente de causa e efeito dos feromônios ativos. A androstenona provoca uma reação tão forte que os suinocultores usam uma versão comercial para determinar quando as porcas estão prontas para a inseminação artificial.

Mesmo que muitos homens certamente adorassem carregar consigo uma garrafinha com uma imitação desse feromônio – e, de fato, vários produtores de perfumes afirmam ter uma à venda –, os cientistas garantem que ainda não chegamos a esse ponto. Na realidade, os especialistas não conseguem nem mesmo decidir se os seres humanos são capazes de detectar os feromônios. Por enquanto, os indícios são irregulares e controversos – embora alguns também sejam muito intrigantes.

Vejamos, por exemplo, a tendência de as mulheres sincronizarem os ciclos menstruais ao passarem muito tempo juntas. Não é folclore, há muitas investigações científicas a respeito. Em 1971, a psicóloga Martha McClintock realizou a primeira pesquisa no Wellesley College, Massachusetts, e entrevistou 137 mulheres que moravam em um dormitório exclusivamente feminino. McClintock registrou os dados do início do período menstrual de cada uma e depois os comparou com aqueles das colegas e amigas. Os resultados publicados na revista *Nature* mostraram que o intervalo entre o início da menstruação diminuía nas mulheres que passavam mais tempo juntas. Devido a esse trabalho, agora a sincronia menstrual também é conhecida como o "efeito McClintock".

Desde então, muitas pesquisas adicionais examinaram como as mulheres influenciam os ciclos menstruais entre si, e algumas até discutem se essa sincronização acontece realmente. Ainda assim, eu acredito que muitas mulheres que estão lendo isto provavelmente já testemunharam o efeito McClintock, e boa parte das pesquisas publicadas desde que o artigo foi divulgado pela primeira vez na revista *Nature* embasa as conclusões originais. Embora os cientistas não saibam exatamente por que o efeito acontece, os feromônios são o palpite mais comum.

Mais recentemente, as pesquisas demonstraram que, quando as mulheres estão ovulando, parceiros masculinos tendem a ser mais atenciosos, carinhosos e românticos do que a média. E que também estão mais propensos a sentir ciúmes de outros homens durante esse período. Os cientistas propuseram diversos acionadores para esse comportamento, que não são mutuamente exclusivos e, provavelmente, servem para reforçar um ao outro.

Por exemplo, o comportamento e o humor de uma mulher no auge do período fértil refletem muitas vezes seu interesse maior no sexo. Ela estará mais propensa a ser atraída por características masculinas dominantes, como um queixo quadrado, prestará mais atenção à maneira como se veste e frequentará atividades sociais. Algumas pesquisas sugerem que ela teria uma probabilidade maior de trair o parceiro. Por conseguinte, é possível que o homem na sua vida reaja a essa mudança de comportamento. Em contrapartida, os feromônios também podem estar ativos, enviando sinais sutis sobre o estado reprodutivo do corpo da mulher e fomentando o desejo do homem de cuidar e proteger sua parceira.

Outros estudos também sugerem que uma das causas do aumento da libido seja que durante a ovulação as mulheres sejam mais sensíveis à androstenona, uma substância química do suor masculino (aquela mesma dos suínos). Por exemplo, na famosa "experiência da cadeira do dentista", de 1980, uma das cadeiras da sala de espera do dentista foi pulverizada com androstenona. Em seguida, os cientistas observaram onde os sujeitos do teste preferiram sentar e constataram que as mulheres tendiam a sentar na cadeira pulverizada com feromônio, enquanto os homens a evitavam. Em outro estudo, o mesmo feromônio foi aplicado numa porta específica de um banheiro público, e os homens evitaram a porta pulverizada. No entanto, as mulheres não demonstraram nenhuma preferência óbvia quando foram testadas nesse cenário.

Alguns estudos propõem uma relação possível entre a quantidade de androstenona secretada pelos homens e os níveis de testosterona no corpo. Se a relação existe, talvez uma mulher consiga detectar sinais silenciosos durante o período mensal mais fértil, atraindo-a para os homens que mais bombeiam testosterona. Ao beijá-los, elas ficam bem próximas de todo aquele suor e androstenona masculinos, o que aumentaria ainda mais sua excitação e receptividade ao sexo.

Outro feromônio humano suspeito é a androstenodiona, que também é encontrada no suor masculino e também está associada à testosterona. Essa substância química tem sido citada por influenciar o humor das mulheres heterossexuais, fazendo que se sintam mais relaxadas. Enquanto isso, cerca de um terço das mulheres também libera substâncias chamadas copulinas nas secreções vaginais. Alguns estudos sugerem que esses compostos aumentam a libido e elevam os níveis de testosterona nos parceiros do sexo masculino, o que faria delas feromônios, mas os cientistas ainda não têm certeza da intensidade da sua influência.

No entanto, há um problema enorme em toda essa conversa sobre os feromônios. Se bem que os cientistas tenham identificado as substâncias secretadas por homens e por mulheres que *podem* atuar como feromônios, não está claro se realmente temos um órgão especial para detectá-los. Alguns pesquisadores têm sugerido que os seres humanos também possuem um tipo de órgão vomeronasal. Pequenos orifícios situados bem no interior de nossas cavidades nasais em cada lado do septo foram observados em muitos indivíduos, variando de tamanho, forma e localização em cada pessoa. Contudo, nessa região do corpo, as células não se parecem conectar com os nervos que presumivelmente seriam necessários para transmitir informações sobre os feromônios.

E há outras razões para as ressalvas dos cientistas. É quase consensual entre os cientistas que estudam feromônios que uma única substância não poderia garantir uma resposta específica em nenhuma circunstância. Muitos fatores hormonais e fisiológicos influenciam nosso comportamento e, por isso, independentemente de conseguirmos detectar ou não os feromônios, simplesmente não somos tão previsíveis quanto os porcos.

Mas, apesar de tudo isso, não podemos descartar a possibilidade de estarmos constantemente transmitindo sinais químicos para outras pessoas, principalmente quando estamos muito próximos a elas e grudados nos seus lábios. O que não significa que devemos acreditar em todos esses fabricantes de perfumes e colônias que nos bombardeiam com publicidade e reivindicam incluir feromônios humanos nos seus produtos. Certamente parece atraente, mas, no final, a ciência ainda precisa desvendar o mistério da troca de feromônios humanos. Sem uma pesquisa mais definitiva, as mulheres fariam melhor em gastar seu dinheiro com batom, enquanto os homens se beneficiariam se mantivessem um *spray* bucal de menta ou hortelã ao alcance da mão.

O TEOR DESSA DISCUSSÃO levanta uma questão interessante: será que os costumes da sociedade moderna nos levaram a disfarçar nosso recurso mais atraente

– nosso cheiro – debaixo de uma coberta de sabonetes, perfumes e outros produtos criados comercialmente? E nos comportaríamos de maneira diferente sem todos esses produtos e aromas artificiais? Talvez seja por isso que as relações humanas de longo prazo são tão importantes. À medida que passamos longos períodos de tempo ao lado de uma pessoa, é inevitável que um cheiro mais natural acabe se formando e nos forneça pistas sobre o que está em jogo. Além disso, o que é desagradável para uma pessoa muitas vezes seduz a outra.

Seja como for, eu acredito que nos próximos anos ainda ouviremos muito mais sobre os feromônios e a compatibilidade genética dos relacionamentos. Por exemplo, ScientificMatch.com, um site dedicado a novos encontros sediado em Boston, já oferece a opção de conseguir para você um encontro baseado não só na sua atratividade ou seus valores pessoais, mas também na sua composição genética.

ScientificMatch.com usa o DNA de uma bochecha para acionar um "algoritmo genético correspondente" e localizar um parceiro ou uma parceira. Segundo o site, a taxa de adesão custa 1.995,95 dólares, mas o ScientificMatch promete que, juntando bem os pares de acordo com o DNA, os clientes terão uma vida sexual mais satisfatória, uma taxa mais alta de orgasmos femininos, menos traições, maior fertilidade e filhos mais saudáveis. Ou como seu slogan diz: "Quer levar a relação para o 'nível seguinte'? Não tem certeza se é 'a pessoa certa'? Não se esqueça daquela outra peça do quebra-cabeça: verifique seu DNA".

Talvez as coisas estejam caminhando para esse lado, mas tudo indica que nossos narizes evoluíram para fazer um trabalho excelente sem precisar passar por tudo isso.

O que o nariz dele sabe?

Em 2000, no Texas, alguns psicólogos fizeram um estudo semelhante à experiência de Wedekind. Dezessete mulheres que não tomavam pílulas anticoncepcionais na época (isso é muito importante) usaram a mesma camiseta durante três noites consecutivas: primeiro durante o período fértil e depois novamente durante o período não ovulatório. Em seguida, as camisetas foram coletadas e congeladas.

Depois que as camisetas foram descongeladas, 52 participantes do sexo masculino se ofereceram como voluntários para avaliar a intensidade e agradabilidade das fragrâncias. Como era previsível, as camisetas usadas pelas mulheres durante a fase do período fértil foram consistentemente classificadas como as mais atraentes e sexy.

Resultados semelhantes foram obtidos quando as mesmas camisetas foram testadas novamente uma semana depois, após permanecerem em temperatura ambiente. Isso sugere que os aromas importantes não se dissipam imediatamente e que os homens talvez estejam usando seus narizes sem que o percebam quando escolhem uma parceira.

O beijo no corpo

> *Por outro lado, suas preferências talvez sejam influenciadas pela fertilidade feminina, e o beijo lhes dá o tempo e a proximidade necessários para obter uma amostra adequada do cheiro de uma mulher.*

Capítulo 8

ENCONTROS ÍNTIMOS

Lembram-se daquela cena do filme *Uma linda mulher*, quando a prostituta Vivian Ward (interpretada por Julia Roberts) explica que tem relações sexuais com os clientes, mas não os beija na boca? Parece que os roteiristas do filme pesquisaram direitinho: não beijar os clientes na boca é comum entre as mulheres da "profissão mais antiga do mundo" há muito tempo. Os cientistas sociais Joanna Brewis e Stephen Linstead relataram que as prostitutas muitas vezes se recusam a beijar porque o beijo requer um "[...] desejo e amor verdadeiros pela outra pessoa". Ao evitar os lábios de um cliente elas conseguem separar as emoções do trabalho.

E quanto às preferências daqueles do outro lado dessa experiência, os assim chamados zé-ninguém? A terapeuta sexual Martha Stein observou 64 prostitutas enquanto mantinham relações sexuais com clientes, em um total de 1.230 encontros. Ela usou espelhos dupla face e gravadores escondidos para que os homens não percebessem sua presença. Stein relatou que 36% desses homens queriam beijar a prostituta em alguma parte do corpo e apenas 13% estavam interessados em beijo na boca.

Esses exemplos demonstram que o beijo pode ser totalmente eliminado em certos contextos de sexo por puro prazer. Tanto as prostitutas como seus clientes parecem intuir instintivamente que há mais em um beijo do que nos outros atos sexuais, e que ele pertence a uma categoria diferente. De fato, nas pesquisas sociais, as pessoas avaliam o beijo como algo mais íntimo do que quase qualquer outro tipo de atividade. Ele também recebe mais atenção nos relacionamentos sérios do que nos encontros sexuais ocasionais, e os cientistas estão descobrindo algumas razões fascinantes para explicar o porquê. É provável que as sensações indefinidas e aconchegantes que associamos ao beijo tenham muito a ver com os hormônios que percorrem nosso corpo em consequência dele.

Como já vimos, beijar uma pessoa que conhecemos e desejamos libera múltiplos neurotransmissores e endorfinas que funcionam para aliviar o estresse, regular o humor e reduzir a pressão arterial. O beijo é um excitante natural que estimula as sensações de euforia. Mas há muitas outras coisas acontecendo além disso. Os hormônios também participam, e, embora partilhem muitas semelhanças com os neurotransmissores, existe uma diferença importante em como e onde são liberados no corpo e os efeitos que produzem.

Os seres humanos produzem uma longa lista de hormônios, desde o estrogênio até a testosterona, a insulina e o cortisol, que modulam as atividades do corpo relacionadas ao crescimento, ao desenvolvimento, à reprodução e ao metabolismo. As glândulas do nosso sistema endócrino, que incluem a tireoide, a paratireoide, as suprarrenais, a pituitária, o pâncreas, o hipotálamo, e a maioria dos ovários e testículos produzem hormônios diferentes e os liberam na corrente sanguínea. Dali, essas moléculas circulam e passam a atuar em outro ponto do corpo. Dessa forma, os hormônios diferem dos neurotransmissores, que são enviados diretamente de uma célula nervosa para um ponto do corpo por uma transferência muito mais rápida (e menos sustentada).

Para ajudar a entender como isso funciona, imagine que esses dois tipos de substâncias sejam análogas a duas pessoas que se comunicam por carta. O hormônio coloca um selo em uma carta e a envia pelo correio. Pode demorar, mas ele está confiante de que seu destinatário acabará lendo o que escreveu. O neurotransmissor, por sua vez, está ansioso. Como ele tem o endereço da casa do destinatário, vai diretamente até sua porta e joga a carta na caixa do correio. A entrega do neurotransmissor é rápida e direta, e acontece em milésimos de segundos; a dos hormônios pode demorar alguns segundos ou até meses para fazer efeito, e seu efeito é mais duradouro (para complicar ainda mais as coisas, e dependendo do local do corpo em que agem, algumas substâncias como a oxitocina podem funcionar tanto como hormônio quanto como neurotransmissor).

Os hormônios influenciam nossos comportamentos e nossas emoções. Eles regulam o corpo da mulher durante todos os anos reprodutivos e provocam as mudanças desconfortáveis associadas à tensão pré-menstrual. Mais tarde, eles também serão a causa das ondas de calor durante a menopausa.

De maneira menos evidente, os hormônios até podem afetar como nosso parceiro sente nosso sabor. No início da menstruação, o corpo da mulher libera células especiais na mucosa da boca, o que resulta em um aumento excessivo de bactérias, enquanto o estrogênio provoca concentrações de enxofre na boca além do normal. As duas situações produzem o mau hálito na mulher.

Os hormônios também não são exatamente fáceis para os homens. No início da puberdade a testosterona cria todos os tipos de situações embaraçosas: engrossa a voz, produz um crescimento excessivo de pelos em algumas partes do corpo e, às vezes, contribui para a calvície. E também fazem alguns homens agirem como brutamontes agressivos ou até predadores sexuais. Em suma: eles atormentam ambos os sexos durante toda a vida.

Mas, independentemente dos percalços e atribulações associados às vicissitudes hormonais, os hormônios também ajudam a conservar nossa saúde e nosso bem-estar em geral. Assim, mesmo que às vezes eles sejam irritantes e desconfortáveis, também são fundamentais e participam de muitas atividades vitais, desde a produção de leite materno até a regulação do humor. Literalmente, eles dirigem nosso comportamento e também são responsáveis por nos incentivar a aumentar a espécie humana.

Embora os seres humanos não sejam escravos dessas substâncias motivacionais, uma coreografia complexa acontece entre nossa química e nossa consciência. Os hormônios e os neurotransmissores não "criam" nossas emoções; eles apenas dão instruções para nosso cérebro produzir uma série de reações, o que, por sua vez, nos motiva a fazer coisas, como criar algo artístico ou preparar o jantar, e até sentir o romance de um beijo especial. Eles estão sempre agindo, enviando sinais para nosso subconsciente e informando como devemos nos comportar e sentir no mundo em que vivemos. Portanto, não os considere moléculas independentes. Pelo contrário, eles são uma parte fundamental de nós mesmos.

Beijar outra pessoa molda de forma marcante o fluxo e o refluxo dos hormônios pelo nosso corpo. O padrão das reações é definido logo cedo. Por exemplo, os hormônios liberados no corpo de uma menina que ainda mama no peito da mãe influenciam as reações que terá mais tarde. Adulta, e graças aos mesmos hormônios que outrora foram associados à amamentação, ela sentirá emoções positivas quando for beijada, abraçada, massageada e tocada.

Os hormônios também explicam algumas das diferenças de gênero relacionadas ao beijo, algumas das quais já examinamos, e existem muitos outros exemplos. As pesquisas sociais relatam que os homens preferem mil vezes os beijos de boca aberta, molhados, lambuzados. As mulheres, por outro lado, estão mais propensas a optar por menos saliva e menos língua. Existem bons motivos para se pensar que essas tendências têm muito a ver com o principal hormônio do sexo masculino: a testosterona.

Os homens produzem naturalmente quantidades maiores de testosterona do que as mulheres, mas as mulheres são mais sensíveis à sua influência. Essa incrível e minúscula molécula aumenta a libido da mulher e incha seu clitóris com sangue, preparando-a para a relação sexual. Uma pequena dose extra da boca de um parceiro é muito vantajosa tanto reprodutiva quanto sexualmente. Como saliva de um homem contém testosterona, passar a língua na boca de uma mulher é uma maneira de lhe dar legalmente um estimulante sexual natural.

Os cientistas supõem que a mulher fica mais interessada em ter uma relação física depois de semanas e meses de beijos. Não é algo que acontece da noite para o dia, mas, à medida que seu pretendente persiste ao longo do tempo, a influência da testosterona adicional tem um efeito cumulativo. Essa seria a razão por que um homem continua a procurar uma mulher que tem beijado e também explica por que os homens são mais propensos a considerar o beijo como um prelúdio do sexo e manifestar uma preferência por mais língua. Enquanto as mulheres podem não ter prazer com a experiência de um beijo lambuzado, ele dá aos homens uma vantagem sexual adicional, o que, provavelmente, tem sido uma estratégia bem-sucedida ao longo da história.

Uma segunda possibilidade que tem sido sugerida para explicar por que os homens preferem beijos profundos tem a ver com o fato de serem menos sensíveis ao cheiro e ao sabor (o termo técnico é "detecção quimiossensorial reduzida"). Isso significaria que, para avaliar uma parceira, o homem precisaria de uma amostra de saliva muito maior durante um beijo do que uma mulher. A adição de um movimento da língua permitiria uma produção maior da saliva e forneceria um prazo adicional para descobrir os indícios escondidos em relação à sua condição reprodutiva. No entanto, os cientistas não têm certeza de quanto pode ser inferido subconscientemente sobre a fertilidade feminina através desse tipo de troca, e, embora a hipótese seja interessante, ela também é especulativa.

ALIÁS, EM SE TRATANDO das preferências masculinas por beijo de língua, eu não poderia deixar passar mais essa oportunidade para consultar meus amigos e verificar se as tendências das pesquisas estavam corretas. De acordo com as respostas de alguns, elas certamente estavam. Os homens afirmaram várias vezes que muita atividade oral lhes permitia ter uma ideia de como seria o desempenho sexual da mulher. Por outro lado, a maioria das mulheres se queixou de que "muita língua" as desestimulava. Vale lembrar que meus conhecidos não constituem uma amostra cientificamente válida, mas que seus gostos enfatizam a maneira como as preferências pelo jeito de beijar dos homens e das mulheres têm sido influenciadas por estratégias que evoluíram durante milhões de anos.

Claro que, além da testosterona, muitos outros hormônios participam dos beijos. Para determinar seu papel, o que nem sempre é tarefa fácil, os neurocientistas Wendy Hill e Carey Wilson, do Lafayette College, Easton, Pensilvânia, estão realizando uma pesquisa fascinante. Sua metodologia consiste em convidar casais de faixa etária universitária para trocarem beijos em um ambiente controlado, enquanto sua equipe coleta cuidadosamente as informações sobre as mudanças que ocorrem no corpo dos voluntários. Eles estão muito interessados no papel de dois dos principais personagens hormonais: a oxitocina e o cortisol. Então, antes de começarmos a falar sobre suas pesquisas, vamos conhecer essas moléculas mais detalhadamente.

Muitas vezes chamada de "o hormônio do amor", a oxitocina está extremamente envolvida na intimidade e tem apresentado efeitos absolutamente poderosos em um ambiente de laboratório. Por exemplo, quando o hormônio é injetado no cérebro de uma rata virgem, isso faz que ela adote imediatamente os filhotes de outra rata como se fossem seus. Ninguém tentou fazer essa experiência em mulheres (por razões óbvias), mas sabemos que a oxitocina funciona de forma semelhante na nossa espécie. Ela é responsável pela solidificação da ligação entre pais e filhos, e também por ativar a lactação nas mães. Ajuda a regular o humor e atua como um analgésico natural.

No entanto, o aspecto mais interessante para nossos objetivos é o seguinte: a oxitocina é muito importante para desenvolver sentimentos de apego, não apenas em relação às nossas mães, mas também às pessoas que amamos. Os cientistas acreditam que essa substância seja responsável por conservar o amor aceso entre os casais que permanecem juntos e felizes há décadas, muito depois de a novidade (e a dopamina) se esgotar. Graças à oxitocina, um beijo, um abraço ou uma carícia amorosa ajudam a manter uma ligação forte e sólida. E também é importante para levar o carinho físico mais além. Quando uma mulher tem relações sexuais, os níveis de oxitocina se elevam até cinco vezes mais do que o normal. Ela é a substância responsável pelas "ondas" prazerosas que a mulher sente na pelve durante o orgasmo. Estudos em homens também revelaram que o hormônio aumenta de três a cinco vezes além do normal durante o clímax sexual. A oxitocina é uma força da natureza.

Além disso, esse hormônio talvez explique por que a ideia de "beijar e fazer as pazes" funciona tão bem. Quando perguntaram aos homens por que beijam, eles muitas vezes responderam que o beijo ajuda a resolver um desentendimento. Embora a maioria das mulheres pesquisadas afirme que um beijo não melhore a situação automaticamente, os psicólogos evolucionistas discordam: melhora, sim. As pesquisas têm demonstrado que um beijo, ou uma série de beijos, tende a incentivar o perdão de uma mulher. Parece uma fórmula, mas quando se trata de regras de relacionamento, os hormônios não jogam limpo.

Enquanto isso, o cortisol, conhecido como o "hormônio do estresse", tem um papel fundamental nas reações do nosso corpo à ansiedade e às ameaças. Quando liberado, ele aumenta a pressão sanguínea e o açúcar no sangue enquanto suprime nossa reação imunológica. O cortisol é o motivo por que ficamos tão nervosos quando temos de fazer um teste ou uma apresentação em público, e depois sentimos uma sensação de vazio. Uma quantidade exagerada desse hormônio pode ser ruim, porém, em quantidades moderadas, ajuda a recuperar a estabilidade de nosso corpo depois de períodos estressantes. Nas pessoas saudáveis, os níveis de cortisol aumentam e diminuem em um ciclo diário.

Hill e Wilson estavam interessados em saber mais sobre como a concentração de oxitocina e cortisol no corpo se modifica antes e depois de um beijo, e como isso, por sua vez, pode promover laços entre os amantes. No início da pesquisa, os cientistas levantaram a hipótese de que o beijo melhoraria a união mediante alterações hormonais e esperavam descobrir que provocasse uma elevação nos níveis de oxitocina e uma diminuição nos níveis de cortisol.

Com esse objetivo, sua equipe do Lafayette College recrutou quinze casais heterossexuais entre 18 e 22 anos de idade em relacionamentos de longo prazo (560 dias, em média). A experiência foi realizada na própria universidade, provavelmente no lugar menos romântico: o ambulatório. No início, cada sujeito da pesquisa fez um exame de sangue e cuspiu em um copo para fornecer o que chamamos de "informações de base" dos dois hormônios (seus níveis no corpo antes da experiência). Em seguida, os casais foram divididos em dois grupos: metade devia beijar seus parceiros com a boca aberta, enquanto o resto ficava de mãos dadas e conversava. Minha anedota favorita da experiência foi a de uma participante do sexo feminino, que estava entre aqueles que deviam beijar seus parceiros, comentou com Hill, aliviada: "Graças a Deus, porque eu não teria nada para conversar com ele se fôssemos colocados no outro grupo!".

O grupo experimental seguiu as ordens de se beijar, e cada casal do grupo de controle conversou durante dezesseis minutos. Depois, todos forneceram outra amostra de saliva e sangue, e preencheram questionários sobre sua personalidade, os níveis atuais de estresse e o grau de intimidade no relacionamento. As mulheres também foram questionadas sobre seus ciclos menstruais e se usavam anticoncepcionais, já que esses detalhes podem afetar os resultados (por exemplo, as mulheres que usavam anticoncepcionais apresentaram níveis de base de oxitocina mais elevados do que aquelas que não tomam a pílula).

Hill e Wilson descobriram que o cortisol, o hormônio do estresse, diminuiu nos dois grupos, independentemente de se os participantes estavam se beijando ou de mãos dadas. Portanto, tudo indica que o comportamento afetuoso tem benefícios concretos para a saúde: ele reduz o estresse. Além do mais, quando estamos relaxados, também estamos mais propensos a querer levar as coisas para o próximo nível físico.

O mais curioso, porém, é que a oxitocina não se comportou nem um pouco como era esperado: ela diminuiu nas mulheres e aumentou nos homens. A duração do relacionamento de um casal não afetou a intensidade da reação. Os cientistas ficaram muito surpresos com esse resultado porque esperavam uma elevação da oxitocina em ambos os sexos. Por outro lado, se as experiências resultassem sempre conforme planejado, não seria ciência.

Então, o que teria acontecido? Quando fazemos uma pesquisa, devemos sempre procurar os fatores exteriores ao objetivo específico de um estudo que poderiam influir nos resultados. Nesse estudo sobre o beijo em particular, é possível que houvesse uma grande falha inerente: a localização. Os cientistas teorizaram que as mulheres necessitariam de mais do que alguns beijos para se sentirem sexualmente excitadas ou ligadas a um parceiro, elas poderiam precisar de outros elementos de indução de humor. Nesse caso, o meio ambiente nada romântico de uma unidade médica explicaria o motivo da reação oposta à esperada.

A equipe do Lafayette College resolveu repetir o estudo, dessa vez prestando mais atenção ao local. Eles criaram um cenário com *jazz*, flores e até deram um toque especial com velas elétricas e, em vez de realizar os testes em um ambulatório, colocaram um sofá em um quarto isolado situado nos fundos de um dos prédios acadêmicos no campus.

Essa segunda experiência incluiu nove casais heterossexuais e três casais lésbicos. Dessa vez, os pesquisadores também levaram em consideração um terceiro hormônio, o alfa-amilase, que fornece outra medida de estresse e está relacionado ao sistema nervoso simpático. Nesses ensaios, a duração média do relacionamento dos participantes era de 564 dias. Como antes, os casais foram divididos em dois grupos: os casais "controle" conversaram, mas não se tocaram durante o teste, enquanto os pares experimentais trocaram beijos por um período determinado.

O resultado foi ainda mais surpreendente. Mais uma vez, os níveis de cortisol diminuíram para todos, mas, no final da experiência, e ao contrário do que se esperava, tanto os homens quanto as mulheres apresentaram níveis mais baixos de oxitocina do que no início, e os níveis de alfa-amilase não se alteraram. Curiosamente, as mulheres heterossexuais disseram que haviam sentido uma elevação da intimidade com seus parceiros, ao contrário dos homens ou das mulheres homossexuais, mas o tamanho minúsculo da amostragem tornou impossível chegar a qualquer conclusão do porquê de isso ocorrer.

No geral, esses resultados levantam questões intrigantes sobre como o beijo influencia nosso corpo, principalmente porque nenhum dos estudos apresentou as tendências previstas. A equipe ainda não realizou nenhuma pesquisa de acompanhamento, mas está interessada em voltar ao tema futuramente com uma amostragem maior. No momento, está trabalhando para melhorar os meios para analisar a oxitocina em amostras de saliva e pensando em fazer estudos de acompanhamento na moradia estudantil da universidade. Dessa maneira, o beijo poderá ser trocado em um cenário mais natural e confortável, e os casais só precisarão fornecer uma amostra de saliva depois (esses fatores podem limitar a ansiedade).

Essa experiência é um exemplo clássico de como a ciência nem sempre é previsível, e às vezes surpreende os pesquisadores envolvidos. Ela também demonstra como é difícil analisar um assunto tão emocional como o beijo. Sabemos que a oxitocina aumenta a partir das sensações de proximidade e que o beijo promove a ligação entre os apaixonados, então é realmente impressionante que esses estudos não tenham resultados diferentes. Eu desconfio de que, quando o procedimento experimental melhorar, os cientistas constatarão que a oxitocina aumenta nos homens e nas mulheres por causa do beijo, exatamente como já sabemos que acontece durante a relação sexual.

Quase todos os estudos científicos trazem novas perguntas, e o estudo de Hill e Wilson não é exceção. Por exemplo, qual é realmente a importância do meio ambiente do beijo para nossa reação hormonal? Os casais que estão juntos por períodos mais longos ou mais curtos apresentam tendências semelhantes? Se, como é esperado, as análises futuras determinarem que a oxitocina aumenta quando beijamos alguém, o beijo tranquilizaria um relacionamento conturbado? É bem provável que sim.

Contudo, toda essa troca de saliva também tem um lado mais sombrio. Nem todo beijo beneficia seus praticantes, e beijar não é sempre saudável, ou mesmo higiênico. No capítulo seguinte, exploraremos aquilo que mais temíamos na escola: o sapinho.

Os efeitos da testosterona na mulher

Quando as mulheres estão expostas a níveis elevados de testosterona por uso de esteroides ou redesignação sexual, elas desenvolvem mais pelos no corpo e uma voz mais grossa, podendo ficar mais agressivas. O clitóris também aumenta alguns centímetros.

Contudo, a mulher heterossexual não precisa ficar preocupada. A quantidade de testosterona transmitida por um beijo é de uma magnitude muito menor.

Capítulo 9

ESSA COISA CHAMADA SAPINHO EXISTE

Eu conheço uma enfermeira da Unidade de Terapia Intensiva (UTI) que vê todo tipo de doenças estranhas e perturbadoras. Quando eu disse a ela que estava escrevendo este livro, ela brincou: "Talvez sejam os germes que *nos* fazem beijar. Trocar saliva é um jeito tão ideal para espalhar germes que talvez seja mais do interesse dos germes do que do nosso".

Eu certamente não iria tão longe, mas é verdade que existem muitas doenças possíveis associadas ao beijo. A boca humana é um lugar imundo e um terreno fértil para legiões de bactérias, esses organismos unicelulares microscópicos que mantêm a indústria do sabão antibacteriano em franca expansão. Os biólogos evolucionistas Atomz e Avishag Zahavi chegaram a sugerir que o simples fato de aceitar um beijo indica um alto nível de compromisso de uma pessoa. Afinal, isso significa que ele ou ela está disposto a correr o risco de pegar uma doença da outra pessoa para poder abraçá-la e ter um contato físico.

Este capítulo abordará o lado radicalmente não romântico do beijo, focando a higiene e as doenças. Nestes dias de medo de pandemias e da gripe H1N1, elas formam uma parte muito necessária da história. O objetivo não é assustar você: de maneira geral, os leitores e as leitoras têm pouco a temer de um beijo do ponto de vista da saúde. Também é altamente improvável que um beijo de língua apresente qualquer perigo para a maioria dos indivíduos. Não obstante, é importante sabermos exatamente a que nos expomos quando decidimos que alguém merece um contato com nossos germes, como certamente acontece com muitos dos nossos entes queridos.

A VIDA DE UMA BACTÉRIA comum é muito sem graça. Ela consome os nutrientes do seu ambiente, dobra de tamanho e depois se divide em duas. Não é nada de mais, apenas uma estratégia extremamente bem-sucedida praticada pelos organismos vivos mais antigos deste planeta.

Hospedamos uma quantidade esmagadora desses forasteiros bacterianos dentro de nós, sem os quais não teríamos esperança de sobreviver. Nosso corpo é composto de cerca de um trilhão de células humanas, mas a qualquer momento também temos cerca de dez trilhões de células bacterianas em nós ou sobre nós. Quando somamos todos os DNAs que existem em uma pessoa, o resultado é que cerca de 30 mil genes humanos e três milhões de genes de bactérias vivem dentro de nós. Como a bióloga molecular Bonnie Bassler, da Universidade Princeton, Nova Jersey, aponta, isso significa que somos, sem a menor dúvida, 1% humano e 99% bactérias! A maioria dessas bactérias nos ajuda absorvendo nutrientes, digerindo a comida, produzindo vitaminas e contribuindo com nosso sistema imunológico, mas adoecemos quando as bactérias "ruins" se instalam.

Beijar é uma maneira muito eficaz de compartilhar esses mocinhos. Nossa saliva tem muitas funções importantes, permite-nos saborear a comida (e os beijos do nosso parceiro) lubrificando nossas papilas gustativas com uma proteína chamada mucina, mas também é um condutor ideal para as bactérias, tanto do tipo bom quanto do mau. Durante a década de 1950, dr. Owen Hendley, da Baltimore City College, Baltimore, Maryland, verificou que 278 colônias de bactérias são transmitidas por beijos, embora mais de 95% sejam do tipo inofensivo. No entanto, o resultado dessa loteria não deixa de ser impressionante quando levamos em consideração que nossa saliva contém cerca de cem milhões de bactérias por mililitro. Para ter uma ideia, um mililitro de saliva corresponde aproximadamente ao tamanho de um dado em uma mesa de jogo em Las Vegas.

Um dos primeiros riscos desses germes é a cárie dentária, a doença humana mais comum no mundo todo. Nesse caso, trata-se do *Lactobacillus acidophilus*, um tipo de bactéria particularmente desagradável que se deleita com o amido e o açúcar mastigados, mas não engolidos (aqueles restos de comida que ficam presos entre os dentes após uma refeição). Através do processo de fermentação, as bactérias os transformam em uma substância chamada ácido lático que, por sua vez, corrói o esmalte e incentiva ainda mais a reprodução bacteriana, perpetuando o ciclo da cárie dentária.

A sensibilidade à cárie varia muito entre os indivíduos, e alguns são mais afetados do que outros. Ou seja, se a boca do seu parceiro abriga uma quantidade de bactérias acima da média, você realmente corre o risco de acrescentar mais cavidades aos seus dentes. Isso não significa que você deveria evitar uma relação saudável em outro sentido com base na quantidade de restaurações dentárias visíveis na boca da outra pessoa. Independentemente de qualquer coisa, uma escovação regular e o uso do fio dental devem manter sua concentração bacteriana sob controle.

A cárie dentária é apenas um dos riscos apresentados pelas bactérias que se movimentam por nossas bocas. E já que estamos falando de higiene bucal, vamos examinar uma condição um pouco mais perturbadora, porém, felizmente, benigna na maioria dos casos: a assim chamada língua pilosa.

Esporadicamente, você notará que a língua do seu parceiro está revestida de uma fina camada colorida. Essa camada aveludada parecerá preocupante (principalmente se for amarela ou marrom). Essa condição ocorre quando doses maciças de antibióticos matam as bactérias benéficas nas nossas bocas, permitindo que uma variedade mais repugnante se fixe ali. Se você alguma vez se deparar com esse fenômeno, o portador da língua pilosa deve merecer o benefício da dúvida. Aguarde alguns dias antes de fazer qualquer julgamento sobre seus hábitos de higiene bucal. Ainda assim, é aconselhável evitar um contato boca a boca até tudo ficar esclarecido. Você não gostaria de pegar qualquer tipo de doença mais persistente que exija o uso de antibióticos.

E existem ainda outras bactérias, menos conhecidas, capazes de explorar o beijo humano. Em 1982, o microbiologista dr. Barry Marshall e o patologista dr. Robin Warren, ambos australianos, descobriram que a responsável pela formação de úlceras era uma bactéria chamada *Helicobacter pylori*. Esse germe enfraquece a camada protetora do estômago e a parte superior do intestino delgado permitindo a passagem do ácido estomacal. Assim, embora as úlceras tenham múltiplas causas – como o estresse ou a comida apimentada, entre outras –, atualmente sabemos que um dos seus principais propulsores é um organismo microscópico que fica à espreita em nossa boca. Os cientistas ainda não sabem ao certo como a *H. pylori* se desloca entre as pessoas, mas, como a bactéria foi encontrada na saliva, muitos médicos especulam que o beijo seja uma das causas (felizmente, mesmo que quase uma em cada cinco pessoas com menos de quarenta anos de idade apresente a *H. pylori*, a maioria não desenvolve úlceras).

Indo além dessas condições relativamente inofensivas, a correlação entre a quantidade de parceiros de beijos de um adolescente e a probabilidade de que uma pessoa desenvolva a perigosa meningite bacteriana também é preocupante. Essa doença assustadora causa a inflamação das meninges (as membranas que cobrem o cérebro e a medula espinhal) e uma condição conhecida como septicemia. Os sintomas da meningite incluem febre alta, vômitos, dor de cabeça aguda, dores musculares e nas articulações, cólica estomacal, diarreia, mãos e pés frios e sensibilidade à luz. A doença pode ser fatal.

Um estudo de 2006 publicado no *British Medical Journal* analisou 144 adolescentes entre quinze e dezenove anos de idade que haviam sido diagnosticados com meningite. Os pesquisadores descobriram que o beijo de língua em múltiplos parceiros estava associado a um risco maior da doença. Ainda assim, lembre-se de que existem muitos fatores correlacionados que *não estão ligados* diretamente ao beijo e que também aumentam as possibilidades de contrair meningite. Além disso, desconfio de que as estatísticas citadas acima foram muito influenciadas pelo estilo de vida do grupo demográfico analisado, o que representa um risco maior do que a média. Por exemplo, um dormitório com muitos banheiros compartilhados provavelmente oferece mais oportunidades para uma exposição à doença.

Talvez o fato mais preocupante em relação às bactérias não sejam as doenças que produzem atualmente, mas aquelas que podem criar no futuro. Na nossa sociedade germofóbica, as bactérias são conhecidas por ficarem cada vez mais fortes. Através de um ataque violento com sabonetes antibacterianos, produtos de limpeza e receitas desnecessárias de antibióticos, os seres humanos têm criado involuntariamente novos tipos de bactérias que sobrevivem e se reproduzem quando seus colegas mais fracos morrem. Criamos supergermes cada vez mais imunes a tratamentos médicos e mais mortais do que nunca.

Atualmente, muitos microbiologistas temem a ocorrência de outra pandemia como a Peste Negra quando não conseguirmos mais curar as infecções bacterianas que desenvolveram uma resistência às nossas melhores drogas. Os estafilococos e os estreptococos são dois tipos de bactérias que estão se tornando cada vez mais resistentes aos antibióticos, e preocupam demais os profissionais da saúde. A bactéria estreptococo foi a causadora da morte prematura, aos 53 anos de idade, de Jim Henson, o criador dos *Muppets*. Um número crescente de pessoas está andando por aí carregando colônias de bactérias resistentes aos antibióticos, como o *Staphylococcus aureus* resistente à meticilina, o *Staphylococcus aureus* resistente à oxacilina e o enterococo resistente à vancomicina. Essas bactérias podem ser muito perigosas se entrarem na corrente sanguínea por feridas na pele (inclusive na boca).

Mas as bactérias são apenas um tipo de germe que pode ser transmitido por um beijo. Os vírus também entram no nosso corpo, onde crescem, se reproduzem e se espalham para que adoeçamos. Eles são cerca de cem vezes menores do que as bactérias e também podem provocar todo tipo de danos. Muitos conseguem penetrar e eliminar células individuais. Alguns vírus se reproduzem sem gravidade, mas outros tipos comprovaram ser a causa de doenças como o câncer cervical, a varíola, HIV e a poliomielite.

Existem boas possibilidades de que pelo menos uma ameaça viral relacionada ao beijo seja muito familiar a você. Muitos dos que estão lendo este livro neste instante são portadores desse vírus, e uma vez que isso acontece, a pessoa será sua hospedeira por toda a vida. Estou-me referindo ao HSV-1 – *Herpes simplex vírus 1* –, que é facilmente transmitido. Inicialmente, ele provoca lesões avermelhadas ou púrpuras na borda externa do lábio; depois, formam-se pequenas bolhas agrupadas como em um buquê que se rompem liberando um líquido rico em vírus antes de formar uma crosta e desaparecer. Essas feridas podem ser desagradáveis e constrangedoras e, exceto em casos extremamente raros, não representam nenhum perigo (outro vírus dessa espécie, o HSV-2, também provoca lesões orais, mas geralmente está mais associado ao herpes genital, e sua duração também é vitalícia).

Embora o HSV-1 seja geralmente associado ao beijo romântico, seu contágio também ocorre quando compartilhamos talheres, escovas de dente ou mesmo quando trocamos beijos sociais entre amigos e parentes. Quando infectados, poderíamos dizer que o vírus desfaz as malas e se instala confortavelmente na sua nova moradia. Embora muitas pessoas portadoras desse vírus nunca apresentem os sintomas do HSV-1, as lesões costumam arder antes de se romperem e formarem uma ferida muito dolorosa. A erupção pode ser desencadeada por um resfriado, uma exposição excessiva ao sol, estresse, uma lesão no lábio ou até mesmo um tratamento odontológico.

Para dizer a verdade, é quase impossível evitar esse vírus no dia a dia: estima-se que cerca de 50% das pessoas adquirem o HSV-1 quando chegam à adolescência e que de 80% a 90% da população apresenta resultados positivos por volta dos 50 anos de idade. Tendo em vista esses valores não há por que haver qualquer estigma associado com o HSV-1. Contudo, as estatísticas não serviram de consolo para uma das minhas amigas na escola. Ela foi obrigada a aguentar as provocações dos garotos durante anos a fio – sendo que muito provavelmente também eram portadores do mesmo vírus – quando ficava resfriada. Eu a aconselhei a não dar atenção a eles, porque, no final das contas, os verdadeiros "anormais" eram aqueles que não eram portadores do HSV-1.

Não há dúvida de que o EBV – vírus Epstein-Barr –, outro tipo de vírus do herpes, é o responsável pela *kissing disease*, a mononucleose. Esse vírus também é muito comum. Até 95% dos adultos norte-americanos estão infectados, carregam e espalham o vírus aqui e ali ao longo da vida.

Na infância, os sintomas do EBV são geralmente indiferenciáveis daqueles de outras doenças e desaparecem rapidamente. Durante a adolescência, porém, o EBV transmite a mononucleose infecciosa, que é acompanhada de febre em 35% a 50% das vezes. Os sintomas dessa doença são: glândulas linfáticas inchadas, dor de garganta, às vezes fígado e baço inchados. Pode fazer a pessoa se sentir dolorida por todo o corpo e cansada. Ocasionalmente ocorrem problemas mais sérios, mas o vírus raramente é fatal. Embora seja transportado na saliva e possa ser espalhado pelo beijo, é possível pegá-lo de outras maneiras, como compartilhando canudos, travesseiros, alimentos, colheres e garfos.

No caso dos beijos, um vírus com o qual você provavelmente não precisa preocupar-se é o HIV. Apesar de muitas pessoas sofrerem de sangramento na gengiva, o vírus não é transmitido dessa forma, em geral. Tudo indica que seja seguro beijar apaixonadamente sem enviar seu parceiro ou parceira antes para uma clínica para análise.

Até hoje, não existe nenhum registro de uma pessoa que tenha sido infectada pelo HIV por causa de beijos sem língua. Por outro lado, o beijo de língua é considerado uma atividade de baixo risco pelo CDC – Centers for Disease Control and Prevention –, e conhece-se apenas um caso de uma mulher tenha, aparentemente, contraído o HIV por sangue contaminado do seu parceiro com quem trocou beijos (nesse caso, os detalhes não são claros, e o homem envolvido foi informado como um "parceiro sexual" também). Mesmo assim, o CDC adverte sobre "beijos de boca aberta prolongados" com uma pessoa que se sabe ser portadora do HIV.

Os aparelhos ortodônticos são outra coisa com a qual você não precisa se preocupar. Tudo indica que não passa de uma lenda urbana. Os aparelhos modernos são menores do que eram no passado e, de acordo com a Associação Americana de Ortodontia, é praticamente impossível ficar grudado em alguém quando se beija usando um aparelho ortodôntico. Afinal, eles não são magnéticos.

E ENTÃO HÁ AQUELES "beijos" que são os mais arriscados de todos. Felizmente, eles provavelmente são desconhecidos para a maioria dos leitores, pois envolvem ir a extremos extraordinariamente perigosos. Ainda assim, é importante mencionar os estilos mais incomuns dos comportamentos relacionados ao "beijo" capazes de ter consequências terríveis.

O aumento recente do interesse por vampiros, principalmente entre os adolescentes, torna necessário citar a prática de morder outra pessoa para chupar seu sangue. Em resumo: não o faça. Trocar saliva por beijos tradicionais é muito mais seguro do que injetar, literalmente, um monte de micro-organismos potencialmente perigosos diretamente na corrente sanguínea da pessoa amada. Provavelmente é a pior maneira possível para mostrar que você gosta de alguém, considerando que você está expondo o outro a uma situação de alto risco de vida.

Muitos germes em nossas bocas são inofensivos até romperem a barreira da pele. Os médicos consideram a mordida humana mais preocupante do que a maioria das mordidas de cobra e das fraturas ósseas, e muitas vezes enviam as vítimas de mordidas humanas diretamente para a sala de emergência. Então, lembre-se da lição do jardim de infância e não morda seus entes queridos por nenhum motivo. O resultado não será tão sensual como parece nos filmes e pode exigir uma intervenção médica.

Seguindo esse mesmo raciocínio, também não é aconselhável manter qualquer tipo de contato oral com a boca de animais selvagens que podem ser portadores de doenças fatais. Por exemplo, no verão de 2009, na Flórida, o Departamento de Saúde do Condado de Lee e o CDC anunciaram que procuravam três meninos, com idades entre dez e doze anos, que haviam sido vistos "beijando" um morcego raivoso morto. Sabe-se lá o que estavam pensando, mas eles correram um tremendo risco: a raiva não tem cura.

Felizmente, a maioria das pessoas não se deparará com esses tipos de "beijos" excepcionalmente perigosos. Mas há outro risco que realmente pode colocar você em uma situação de vida ou morte.

Você acha que está com a pessoa perfeita, prestes a embarcar em um romance épico. Todos os sinais parecem certos, e você se aproxima para trocar um beijo. De repente, em vez de ficar toda animada e excitada, você, ou seu parceiro, ficam cobertos de urticária. Como Oscar Wilde disse certa vez: "Um beijo pode arruinar uma vida humana". Embora eu duvide de que ele tivesse creme de amendoim ou de ervilhas em mente, os alérgenos podem ser um exterminador muito sério do humor ou até mesmo um veneno mortal em casos extremos.

Esse cenário provavelmente nunca passou pela cabeça da maioria das pessoas. Mas a sensibilidade a alimentos pode dar as caras no momento mais inoportuno. Os suspeitos de costume são os mariscos, os ovos e o leite, mas a causa principal das fatalidades é a alergia ao amendoim. Em casos extremos, o beijo provoca uma reação anafilática imediatamente após o contato com vestígios dessa substância nos lábios de outra pessoa. Os sintomas se desenvolvem rapidamente e sem aviso prévio, e incluem dificuldade para respirar, inchaço facial, urticária e uma queda de pressão arterial perigosa, choque, perda de consciência e, em alguns casos, morte.

Em um estudo publicado recentemente no *New England Journal of Medicine*, cerca de 5% das pessoas alérgicas a nozes ou sementes relataram reações adversas ao beijar. Quando dezessete voluntários concordaram em ser beijados por alguém que acabara de consumir o seu alérgeno pessoal, as reações ocorreram em menos de um minuto, e eles apresentaram coceiras e inchaços. Alguns indivíduos começaram a espirrar, e em um deles foi necessário aplicar uma injeção de epinefrina na sala de emergência. Esses resultados sugerem que, embora o beijo não seja normalmente considerado uma atividade de risco de vida, as alergias alimentares certamente ameaçam uma pequena porcentagem da população, mesmo depois de o parceiro ter escovado os dentes.

SE NESSE PONTO VOCÊ estiver se sentindo reticente em fazer um biquinho com os lábios, você não está sozinho. Existe até um termo para isso, a "filematofobia", ou o medo de beijar, que ocorre quando alguém acha o contato lábio a lábio aterrorizante. Algumas pessoas que sofrem dessa fobia são as que mais têm receio das bactérias, enquanto outras temem que mordam um pedaço de sua língua.

A maioria das pessoas, porém, quer continuar beijando, mas se protegem das doenças em potencial. Seja como for, estar consciente dos riscos descritos acima é parte fundamental das nossas defesas. A higiene não só ajuda a derrotar os germes, como também aumenta a probabilidade de que a outra boca cheia de vírus e bactérias pressionada contra a sua voltará para mais beijos.

Por mais que uma pessoa seja atraente, a falta de higiene pode destruir o momento antes mesmo que comece. Isso é principalmente verdadeiro para os homens.

Como descrevi nos capítulos anteriores, as mulheres dependem muito do paladar e do olfato, e prestam muita atenção aos dentes quando avaliam um parceiro.

Neste capítulo, abordei os aspectos perturbadores, sujos e alérgicos do beijo. No final, parece que essa prática certamente pode expor-nos a algumas doenças graves. Ainda assim, afirmações sobre o "risco" não significam nada sem um contexto, e quando falamos em beijar, os riscos são relativamente menores se comparados a outras atividades sexuais e não sexuais. Na realidade, em geral a quantidade de germes perigosos transmitidos durante um aperto de mão é maior do que durante um beijo.

Além disso, alguns benefícios importantes do beijo devem ser contrabalançados com as preocupações. Por exemplo, pensar como um beijo desejável estimula o fluxo da saliva, molha a boca e elimina a placa dentária, ajudando a proteger os dentes.

Além de melhorar nosso humor, sentir uma excitação natural quando beijamos também nos ajuda a viver mais tempo. Um estudo psicológico realizado durante dez anos na Alemanha na década de 1980 descobriu que os homens que beijam suas esposas antes de saírem para o trabalho viviam, em média, cinco anos a mais, ou seja, ganhavam de 20% a 30% a mais de vida do que aqueles que saiam sem dar um beijinho de despedida. Os pesquisadores também concluíram que *não* beijar a esposa antes de sair para o trabalho de manhã aumentava a possibilidade de um acidente de carro em 50%. Os psicólogos não acreditam que seja o beijo em si que explica a diferença, mas que os beijadores eram mais suscetíveis de iniciar o dia com uma atitude positiva e levar uma vida saudável. Além do mais, eles comprovaram que o beijo promove fortes vínculos sociais que demonstraram trazer benefícios para a saúde e o bem-estar emocional. Assim, embora o beijo acarrete alguns riscos, ele também traz grandes recompensas. E não importa o que os especialistas da medicina descubram, eu desconfio que os seres humanos ainda se beijarão por muito tempo.

A PEDRA DE BLARNEY

Em 2009, o site de viagens TripAdvisor.com chamou a pedra de Blarney, localizada em Cork, na Irlanda, de a atração turística mais "anti-higiênica" no mundo.

Por que é tão nojenta? Todos os dias, mais de mil visitantes beijam a pedra do castelo de Blarney, que, dizem, dá à pessoa o dom da eloquência. Para chegar até ela, eles precisam dobrar as costas para trás e segurar-se em barras de ferro. Apesar das dificuldades, cerca de 400 mil pessoas pressionam seus lábios na sua superfície a cada ano. Não há dúvida que seja um monte de germes, mas o site TripAdvisor.com admite não ter nenhuma prova científica para apoiar a alegação de que certamente é o destino com mais germes na face da Terra.

Terceira Parte

GRANDES EXPECTATIVAS

Os beijos são um destino melhor do que a sabedoria.
– E. E. Cummings

Capítulo 10

O QUE SEU CÉREBRO DIZ SOBRE O BEIJO

Certa noite, eu me vi diante de uma pilha de artigos científicos sobre o beijo enquanto pesquisava para este livro. De repente ocorreu-me que, levando em conta o quanto eu já havia aprendido sobre o assunto, deveria haver um jeito de levar todo esse conhecimento um pouco mais adiante e fazer algumas novas descobertas. Depois de realizar uma busca completa na literatura científica sobre o beijo, eu sabia muito bem que tipo de pesquisas havia lá fora, incluindo muitos dos estudos discutidos nas páginas anteriores, o que, considerando o que eu encontrara em outras áreas científicas, não era muito. Seria de se pensar que um comportamento quase universal da nossa espécie deveria ter chamado mais atenção. Ainda assim, não havia dúvidas de que até o momento a ciência apresentara possibilidades muito interessantes – e testáveis. Por exemplo, se os homens e as mulheres têm reações hormonais diferentes para o beijo (como foi mostrado no Capítulo 8), essas mudanças deveriam estar intimamente relacionadas com o que acontece no nosso cérebro durante esse comportamento. Afinal, o cérebro controla a liberação dos nossos hormônios. Então, como apareceria a reação a um beijo que fosse gravada utilizando a mais recente tecnologia de neuroimagem? Seria possível visualizar diferenças entre os sexos?

De acordo com minhas pesquisas, até agora ninguém tinha analisado o beijo usando um equipamento de tomografia cerebral como a MEG – magnetoencefalografia –, que é capaz de medir um tipo muito diferente de informações daquelas reveladas pelas pesquisas ou pelos exames de sangue e saliva. Perguntei-me como eu conseguiria ter acesso a uma dessas máquinas. Liguei para dr. David Poeppel, um amigo especializado em neurociência, para saber se eu poderia afastá-lo da sua pesquisa na NYU – Universidade de Nova York – tempo suficiente para iniciar uma nova investigação sobre o beijo e o cérebro.

Por incrível que pareça, ele concordou.

Poeppel é um neurocientista cognitivo interessado em como nossos cérebros estão implicados na audição e na fala, e como os seres humanos armazenam e percebem as informações. Ele também está explorando a interface cérebro-computador: será que nossos pensamentos podem ser descarregados e transferidos, até mesmo enviados por e-mail, da mesma maneira como acontece com outros dados? Quando achamos que a capacidade de ler a mente dos outros não passa de pura ficção científica, David está decidido a escrever a verdadeira história a respeito (mas não se preocupe, mesmo se for possível, ele garantiu que o controle da mente não será viável por muito tempo).

Poeppel não só tem o tipo de curiosidade intensa que faz um grande cientista, como é um cara muito legal. Ele não é o estereótipo de cientista mostrado por

Hollywood, como o desajustado social vivido por Rick Moranis, ou um malfeitor que quer dominar o mundo. Em vez disso, David é engraçado, um homem de família muito simpático que trabalha com uma equipe excelente de estudantes de pós-graduação. Além de ele também ter acesso a várias máquinas incríveis e poderosas de tomografia cerebral no seu laboratório na NYU.

Não tenho certeza se David tinha ideia de onde estava se metendo quando liguei para ele, mas pareceu muito interessado em ouvir minhas sugestões para os próximos passos do experimento sobre o beijo. Depois de uma conversa telefônica de duas horas, comprei uma passagem de avião e voei vários quilômetros até seu laboratório em Nova York. Começamos delineando a metodologia para um estudo científico que, tanto quanto sabíamos, jamais havia sido tentado antes: um experimento em neurociência cognitiva sobre o efeito do beijo no cérebro.

A MAGNETOENCEFALOGRAFIA possibilita uma maneira única de observar como nosso cérebro funciona. Os cientistas a chamam de técnica de "imagens do cérebro", mas o que uma MEG realmente faz é medir os campos magnéticos produzidos cotidianamente pelos impulsos elétricos em nosso cérebro. Ela permite que os cientistas observem a atividade cerebral em tempo real e analisem a direção e a localização dos impulsos que são a base de todos os nossos pensamentos e ações, e que vão desde os movimentos musculares instintivos até a liberação de vários neurotransmissores. Além disso, a MEG não é invasiva, o que significa que podemos ver esses campos magnéticos – que refletem a atividade em curso no cérebro – sem qualquer cirurgia ou risco para o sujeito da pesquisa.

Uma MEG também é um equipamento raro e caro, custando vários milhões de dólares. Nos Estados Unidos, há apenas dez ou quinze delas. Mas, apesar do custo, a máquina deixa a desejar. Quando você entra na pequena sala blindada magneticamente para que seu cérebro seja digitalizado, a mesa na qual você se deita não é muito diferente de uma mesa de exame padrão de um consultório médico, e o lugar onde terá de enfiar sua cabeça para que toda essa tecnologia científica de ponta funcione se assemelha a uma espécie de vaso sanitário virado de cabeça para baixo. As paredes da MEG de Poeppel são feitas de um material especial chamado Mµ – uma mistura cara de metais com um alto nível de permeabilidade magnética. Como o Mµ está magneticamente protegido do mundo exterior, ele cria um ambiente excepcionalmente silencioso.

Para estudar o beijo com essa engenhoca sofisticada, porém humilde, primeiro teríamos que contornar um problema óbvio e prático: duas pessoas não podem espremer sua cabeça simultaneamente dentro da "privada" da MEG para trocar um beijo. E mesmo se pudessem, ler os *scans* cerebrais enquanto os sujeitos se beijam seria praticamente impossível, porque não estariam imóveis. Além disso, o contexto da situação seria esquisito demais para que se conseguisse qualquer informação útil. Um lugar apertado, eletrodos estranhos e fios se imbricando certamente atrapalhariam a experiência do beijo. Pense no que um meio ambiente clínico demais de um ambulatório provavelmente causou ao estudo de Hill e Wilson sobre o beijo e os hormônios e multiplique o efeito drasticamente.

Mas, conversando com David, logo descobrimos uma maneira para contornar o problema. Uma coisa que *poderíamos* fazer com a MEG era mostrar imagens a sujeitos individuais de diferentes casais se beijando para que provocassem uma reação observável no cérebro, e depois analisá-la. Na realidade, isso introduziria uma novidade no experimento. Pelo que David sabia, poucos estudos com a MEG haviam examinado as respostas dos sujeitos de teste vendo imagens de duas pessoas fazendo algo em conjunto (como beijar). Geralmente, as imagens humanas utilizadas nos estudos anteriores tinham sido mais simples, como mostrar apenas um rosto.

Agora tínhamos uma boa estratégia, mas a abordagem logo criou outro problema. Como na ciência não existe uma taxonomia oficial para beijos, ou seja, nenhum padrão para categorizar todos os tipos diferentes, eu teria de criar uma antes de mostrar as imagens para os sujeitos do teste. Diferentes tipos de beijos certamente provocariam reações diferentes no cérebro, mas só conseguiríamos medi-las quando soubéssemos exatamente que tipos de beijo queríamos mostrar.

Depois de pensar muito e lembrar-me de algumas das taxonomias do beijo do *Kamasutra* e da época romana, eu finalmente escolhi três "categorias":

BEIJO ERÓTICO: beijo apaixonado / de forte conotação sexual.

BEIJO AMIGÁVEL: beijo entre amigos.

BEIJO DE RELACIONAMENTO: beijo afetivo que implica um compromisso.

Como já vimos, existem muitos outros tipos de beijos no mundo. Mas juntar uma série de imagens que se encaixassem exatamente nessas três categorias, e ao mesmo tempo garantir que as pessoas nas imagens não apresentassem grandes diferenças de idade, raça ou outros atributos que pudessem distorcer as reações dos sujeitos do teste, foi um trabalho mais do que suficiente para um ensaio científico preliminar.

Para essa experimentação inicial, nós também decidimos – uma escolha fatídica como nossos resultados acabariam mostrando, embora eu ainda não o soubesse – que nossos três tipos de beijos variariam ainda mais de acordo com três "condições". Além de serem beijos ou "eróticos", "amigáveis" ou de "relacionamento", os pares que se beijariam nas imagens poderiam ser homem-mulher, mulher-mulher ou homem-homem. No final, isso significava que estaríamos digitalizando os cérebros dos nossos sujeitos de teste para ver como reagiriam a um total de nove tipos de beijos diferentes, a saber:

AS NOVE "CONDIÇÕES" DO EXPERIMENTO-MEG DO BEIJO

Erótico Homem–Mulher	Relacionamento Homem–Mulher	Amizade Homem–Mulher
Erótico Mulher–Mulher	Relacionamento Mulher–Mulher	Amizade Mulher–Mulher
Erótico Homem–Homem	Relacionamento Homem–Homem	Amizade Homem–Homem

Encontrar fotografias que pudessem ser incluídas no estudo não foi tão fácil quanto pareceu. Comecei pelo óbvio: vasculhei a internet à procura de imagens disponíveis.

Não foi nenhuma surpresa quando uma pesquisa no Google de termos como "duas mulheres se beijando" e "beijo erótico" trouxe todo tipo de informações que não foram muito úteis para meu objetivo. Também recebi muitos olhares estranhos enquanto trabalhava nas cafeterias na Carolina do Norte.

Finalmente, depois de peneirar muito mais pornografia do que gostaria de admitir, encontrei quinze imagens aceitáveis cuja "categoria" de beijo parecia evidente. Depois, editei as fotografias até restarem apenas as cabeças dos beijoqueiros, para que as posições dos corpos ou suas posturas não influenciassem as reações dos sujeitos do teste. Também eliminei quaisquer possíveis influências externas sobre os sujeitos de teste e converti todas as imagens coloridas para preto e branco.

Embora eu não mostre aqui todas as imagens diferentes usadas no estudo, eis um bom exemplo de como uma das "condições" – relacionamento mulher-mulher – se parecia:

Amostra de imagem para representar
"relacionamento mulher-mulher"

Mas não é tudo. Eu ainda não estava nem perto de preparar o cenário para nosso estudo sobre o beijo na MEG. Embora eu tivesse minha própria interpretação do que cada imagem transmitia e a que "categoria" de beijo pertencia, eu queria ter certeza de que outras pessoas também chegariam a um consenso amplo e adequado. Afinal, talvez meu beijo "erótico" fosse o beijo de "relacionamento" para outra pessoa.

Como o blog que escrevo para a revista *Discover*[1] atrai um público bem grande, realizei uma pesquisa sobre beijos entre nossos leitores. Em 8 de junho de 2009, coloquei as quinze imagens on-line, com legendas de A a O, e pedi a ajuda dos leitores. E porque eu não queria que os leitores influenciassem as reações uns dos outros, ninguém tinha permissão para postar comentários diretamente no blog. Em vez disso, todos os interessados deviam responder diretamente para meu e-mail e dar uma avaliação para cada beijo: "Foi 'erótico', de 'amizade' ou de 'relacionamento'?".

Eu esperava receber pelo menos cinquenta respostas, um número suficientemente grande para formular algumas estatísticas. Eu não sei no que estava pensando. A postagem não somente recebeu uma atenção enorme como vários links para outros blogs e sites, e nos dias seguintes recebi cerca de mil e-mails sobre a pesquisa... e isso foi apenas o começo.

As mensagens continuaram chovendo durante semanas em uma quantidade muito maior do que eu conseguia analisar ou processar. Alguns leitores se manifestaram dizendo que se sentiam "excitados" quando

---

1. O blog foi oficialmente encerrado em 15 de setembro de 2011, no entanto os textos continuam disponíveis no site para leitura.

olhavam para as fotografias dos casais se beijando, enquanto um punhado afirmava sentir um asco inegável. Vários sugeriram classificar cada beijador individualmente, ou enviaram recomendações sobre a técnica do beijo. Houve até aqueles que, insatisfeitos com as opções limitadas que eu tinha fornecido, foram além e criaram categorias distintas das minhas.

Enquanto isso, vários tópicos longos e incontáveis foram publicados nos fóruns de discussão da internet, nos quais se discutiam os significados de "erótico" e "compromisso" com base nas imagens. Parecia que todo mundo tinha uma opinião a respeito e, embora nem sempre concordasse com elas, eu certamente me sentia muito encorajada ao constatar que havia tantas pessoas interessadas.

Depois de passar um dia inteiro organizando todas as reações à pesquisa em uma planilha, reduzi a lista para nove fotografias, cujas interpretações obtiveram um acordo mais universal. Finalmente eu estava pronta para levá-las para Nova York e mostrá-las aos sujeitos de teste em carne e osso. A avalanche de reações à pesquisa no blog me encheu de esperança sobre o que poderíamos aprender com a MEG.

No dia 5 de julho de 2009, voei para Nova York para me juntar à equipe do laboratório de Poeppel. Antes de começarmos, eu queria saber mais sobre como a MEG funcionava e me ofereci para ser a primeira cobaia de um teste.

Troquei minha roupa por um uniforme cirúrgico esterilizado para que nada interferisse com os sinais magnéticos da máquina. Também tive de remover todos os objetos metálicos do meu corpo, incluindo joias, fivela do cabelo e até meu sutiã. Em seguida, Christine, a técnica de laboratório, tirou medidas digitais da minha cabeça com uma ferramenta informatizada em forma de lápis, e eu vi uma imagem do contorno da minha cabeça aparecer em 3D na tela do computador ao lado. Depois de gravar a curvatura exata do meu crânio, Christine fixou os eletrodos na minha testa para monitorar sua posição enquanto eu era digitalizada.

Em seguida, Christine e David me levaram para a sala especial de blindagem magnética em que estava a MEG. Vestida naquela roupa e com todos aqueles fios na minha cabeça, eu parecia e me sentia como se estivesse de partida para o espaço sideral, mas, em vez disso, deitei-me na mesa do *scanner*. Perguntei a David sobre o vaso sanitário, que agora se transformava em um cilindro em volta da minha cabeça, e ele explicou que fluía hélio líquido (um líquido muito frio) no seu interior. Eu imaginei o sr. Frio da história em quadrinhos *Batman*, mas já era tarde demais para desistir.

Jeff, o assistente de David, instruiu-me pelo interfone para ficar o mais imóvel possível, porque qualquer movimento mudaria o modo como os campos magnéticos do meu cérebro seriam registrados. Finalmente, estávamos prontos para começar. Diretamente acima da minha cabeça, vi uma tela com a seguinte mensagem:

Preparado...
Obrigado por participar deste experimento.
Agora você verá uma série de imagens de pessoas se beijando.
Por favor, preste muita atenção. Aperte o botão esquerdo se achar que as imagens são eróticas,

o botão do meio se as pessoas nas imagens parecem estar comprometidas, e o botão à direita para amizade.
Aperte qualquer botão para começar.

Apertei um botão e vi as nove imagens de beijos que eu havia selecionado tão cuidadosamente passarem ininterruptamente diante dos meus olhos em ordem aleatória. Cada imagem foi mostrada quarenta vezes, em um total de 360 "ensaios".

Na máquina, eu perdi minha identidade e me tornei o sujeito de teste 0041 – o primeiro resultado que seria incluído no conjunto de dados. Enquanto observava as imagens que conhecia tão bem passarem velozmente diante dos meus olhos, eu me dei conta de que o processo de escrever um livro sobre o beijo tinha me levado, de forma inesperada, para um mundo que eu não conhecia.

Eu tinha formação convencional em ciências marinhas e minha principal experiência científica era em ecologia e biologia evolutiva. A neurociência era completamente diferente na prática, e a neuroimagem era um meio novo e completamente diferente para compreender o comportamento humano. Eu me sentia completamente fora do meu ambiente científico. Mas também me sentia inspirada, e comecei a pensar em dezenas de tipos de perguntas que poderíamos aplicar com esse novo e poderoso equipamento. Minha mente não parava de imaginar as possibilidades enquanto os beijos desfilavam diante dos meus olhos. Eu não podia deixar de me perguntar se meus pensamentos incessantes não distorceriam o processo de coleta de dados.

Vinte minutos depois emergi na sala do computador, curiosa para saber o que todos aqueles pontos e rabiscos nos monitores – meus pensamentos e os impulsos elétricos do meu cérebro – realmente representavam. Minha única base era um "mapa" da minha cabeça que, para mim, era quase o mesmo que um hieróglifo.

Estava chegando a hora de trazer os voluntários do teste que nos permitiriam repetir a experimentação e seguir com nosso estudo científico. Mas, antes, a equipe de David me perguntou se eu permitiria que eles me colocassem em outro *scanner* também, na máquina de fMRI – Ressonância Magnética funcional. Um dos aparelhos mais recentemente desenvolvidos de neuroimagem, diferentemente da MEG, a fMRI trabalha medindo a atividade do sangue no cérebro ou na medula espinhal. Novamente a máquina permitia que os cientistas e os médicos observassem o comportamento do cérebro, o risco de exposição à radiação ou outras lesões ao sujeito. Como eu poderia dizer não?

Os cientistas me enfiaram dentro de um tubo, que emitiu todo tipo de sons de pancadas fortes enquanto eu permanecia o mais imóvel possível durante 30 minutos. Depois, eu pude ver meu cérebro na tela. Foi uma experiência muito surreal. Eu assistia Tobias, assistente de David, ampliar e diminuir as imagens, passando pelo meu cérebro como se fosse um terreno no Google Earth. Ocorreu-me que todas as experiências da minha vida inteira – cada aniversário e feriado, cada momento público e privado, incluindo meu primeiro beijo – aconteceu naquela massa complexa de tecidos e células. Era o mais próximo que eu já pude chegar de ver minha alma. No entanto, na tela, enquanto Tobias providenciava a viagem virtual, a imagem aparecia com precisão cirúrgica. Pensei que tinha muita sorte por essa oportunidade de ter uma visão tão íntima de mim mesma, mas, de certa forma, também senti que aquilo não era uma imagem completa. Eu certamente era mais do que aquele labirinto de linhas claras e escuras que eu via.

Finalmente voltamos para a MEG, em que os sujeitos do nosso teste estavam sendo analisados, e pude observar a mesma dança de rabiscos na tela de cada participante. Perguntei-me por que variavam e que imagens de beijo provocavam as reações mais intensas em cada um (por enquanto era impossível dizer).

David e sua equipe passaram três dias examinando sujeitos de teste na MEG, enquanto eu observava e tomava notas. No total, quatro homens e quatro mulheres, oriundos de diferentes partes do mundo (China, Israel, Alemanha, Estados Unidos e Canadá), foram digitalizados. A amostra me pareceu muito pequena. Em minha pesquisa de biologia marinha eu tinha analisado milhares de pepinos-do-mar. Mas, para a neurociência humana, oito é um número razoável para uma experimentação MEG inicial. O pequeno grupo permite aos cientistas avaliarem se há algo que deva ser examinado sistematicamente no futuro em estudos mais extensos. Se notarem um resultado surpreendente, ou importante, a pesquisa continuará.

Enquanto o trabalho prosseguia, minha primeira pergunta era se os homens e as mulheres reagiriam diversamente às diferentes imagens de beijo. A partir dos levantamentos de Gordon Gallup e dos testes de sangue de Wendy Hill, parecia evidente que os dois sexos experienciavam o beijo de forma muito diferente, mas o que isso significava em termos de imagens do cérebro ainda precisava ser determinado.

Outra questão era saber se haveria uma diferença acentuada quando os sujeitos do teste viam casais homossexuais ou casais heterossexuais se beijando. E havia também a questão da excitação sexual. Os homens reagem muito mais sexualmente e estão muito mais interessados em imagens visuais excitantes do que as mulheres. Será que as fotografias eróticas provocariam uma reação diferente em cada gênero?

Eu não teria uma resposta para qualquer uma dessas perguntas imediatamente e teria de esperar que David e Gregory, seu aluno de pós-graduação, terminassem as análises estatísticas dos resultados gravados pela MEG. Por enquanto, tudo o que eu podia afirmar com certeza era que nossos sujeitos estavam realmente se divertindo muito enquanto participavam do estudo. Assim como uma pessoa perguntou quando saiu da máquina "Posso ir de novo?", todos os sujeitos também manifestaram interesse em conhecer os resultados finais.

No último dia, colocamos um ponto final na nossa pesquisa assistindo a um jogo de beisebol do Mets com toda a equipe do laboratório. Durante a sétima entrada, a famosa *kiss cam** do estádio de Citi Field vasculhou as arquibancadas até parar em Donald Trump e sua esposa, Melania Knauss-Trump – que, alegres, se beijaram com presteza. A multidão foi à loucura. Naquela noite não éramos os únicos interessados em beijos em Nova York.

Bem, agora chegou o momento de nos voltarmos para o resultado do experimento, depois de uma advertência. Antes de entrarmos nos detalhes, não devemos

---

* A *kiss cam* é uma tradição dos esportes norte-americanos. A câmera acompanha a torcida durante o intervalo das transmissões procurando casais que, ao aparecerem no telão, se beijam, ovacionados pela arquibancada. (N. T.)

ter nenhuma dúvida sobre o que esse trabalho descobriu e, talvez, o mais importante, o que *não* descobriu. À medida que as pesquisas sobre o beijo avançarem, essas qualificações podem se tornar cada vez mais importantes por causa da natureza sensível e sexualmente carregada do tema, e da grande possibilidade interpretações errôneas por parte do público e da mídia.

De tempos em tempos, as pesquisas sobre o beijo trarão a questão sobre as diferenças de orientação sexual, tanto entre os sujeitos estudados como entre os casais retratados visualmente (como em nosso experimento em neurociência). Mas isso não significa de forma alguma que nosso trabalho encontrou, comprovou, ou mesmo sugeriu o que quer que fosse de concreto ou definitivo a respeito das diferenças entre homo e heterossexuais, seja nos seus comportamentos, atitudes, motivações ou preferências.

Os resultados obtidos nos dois estudos certamente revelaram algumas tendências interessantes, ainda que preliminares. No entanto, os cientistas estão justificadamente preocupados com a divulgação dessas tendências para o grande público, independentemente do número de ressalvas que façam.

O problema é que muitas vezes a mídia se agarra a uma descoberta científica e a faz parecer *sexy* para aumentar a audiência, ou manipula a história para que sirva a interesses próprios. Mesmo quando os pesquisadores são muito cuidadosos sobre o que comunicam para a imprensa, os resultados frequentemente serão exagerados ou relatados erradamente para torná-los maiores e mais conclusivos e menos matizados e indefinidos do que realmente são. Em alguns casos, as descobertas científicas são apresentadas tendenciosamente para parecerem ridículas ou simplesmente falsas. Quando isso ocorre, já não é mais jornalismo científico, mas entretenimento e (sinceramente) dólares para a indústria da mídia.

Além do mais, esse "jornalismo" pode ser particularmente danoso quando trata da sexualidade humana, algo sobre o qual muitas pessoas já têm fortes predisposições e preconceitos. Então, serei clara: nosso experimento em neurociência não indica haver algo fundamentalmente diferente entre os "beijos homo" e os "beijos heterossexuais". Em vez disso, ele apenas abre a porta para o próximo conjunto de perguntas a ser exploradas.

Dito isso, eis o que aconteceu...

DAVID E GREGORY ANALISARAM incansavelmente os dados usando um programa de computador chamado MEG160, que filtra e calcula a média de todos os resultados. Algumas semanas depois dos testes, eles me chamaram para conversar sobre o que haviam encontrado: os resultados haviam sido muito mais intrigantes do que qualquer um de nós havia previsto.

Duas tendências inesperadas ocorreram entre nossos sujeitos voluntários. Primeiro, a MEG registrou um campo magnético mais forte nas fotografias de beijos de casais do mesmo sexo do que nas fotografias de casais do sexo oposto. Ou seja: quando uma imagem específica do mesmo sexo foi mostrada, a reação do cérebro dos sujeitos do estudo foi mais intensa do que quando olharam para casais do sexo oposto. Isso se manteve verdadeiro, independentemente se os casais nas imagens eram homem-homem ou mulher-mulher, ou estivessem trocando um beijo "erótico", de "amizade" ou de "relacionamento". Além disso, em termos estatísticos, os resultados foram de alta significância, indicando que algum fator tem que influir nos resultados observados.

Mas por que todo mundo tinha uma reação mais intensa aos beijos homossexuais, mesmo aqueles que pareciam ser somente entre amigos? A explicação mais plausível poderia ser cultural: nossos voluntários provavelmente encontravam mais beijos entre homens e mulheres em público e na mídia do que entre pessoas do mesmo sexo. Portanto, as diferenças que observamos no experimento se deveriam à frequência com que nos deparamos com eventos semelhantes nas nossas vidas.

Em neurociência há até um nome para esse fenômeno: "efeito frequência". Isto é, quanto mais vezes nos deparamos com algo, tanto menor será a reação que provocará no nosso cérebro. Os experimentos com MEG sobre o reconhecimento de linguagem, por exemplo, demonstraram que as palavras usadas raramente provocam uma reação mais forte do que as palavras comuns. Por exemplo, ouvimos a palavra "mesa" tantas vezes que, se um sujeito de teste ouvi-la durante um experimento com MEG, ele criará um campo magnético muito menor do que se ouvir uma palavra geralmente bem menos usada, como "íbex".

O segundo resultado nos deixou ainda mais perplexos. O *timing* da primeira reação do cérebro a cada imagem também variou muito, dependendo se era mostrado um beijo entre pessoas de mesmo sexo ou de sexos opostos. Beijos homem-homem, do mesmo modo que mulher-mulher, provocaram uma reação do cérebro muito mais rápida nos sujeitos de teste. Embora David e Gregory achassem esse fato intrigante, eles disseram que era muito difícil interpretá-lo e que não era necessariamente uma prova de qualquer tendência inerente ou preconceito. Como antes, as reações mais rápidas refletiriam o fato de que pessoas do mesmo sexo se beijando seja uma ocorrência menos comum de nossos sujeitos verem. Como a MEG é extremamente sensível, a diferença nas reações também poderia decorrer de outros fatores nas fotografias, tais como a iluminação e os contornos. Em suma, observamos um padrão interessante, porém será necessário pesquisar mais para iniciar ou desenvolver novas teorias sobre o motivo de isso ter acontecido.

Antes de ligarmos a MEG, minha hipótese era a de que diferentes tipos de beijos influenciariam a intensidade da reação de um sujeito e que os beijos eróticos provocariam as reações mais fortes. Eu também desconfiava de que os voluntários do sexo masculino apresentariam uma reação mais intensa do que as mulheres, porque eles são mais sensíveis aos estímulos visuais. Incluí imagens de casais do mesmo sexo para dar mais variedade às fotografias, e não porque quisesse testar a diferença entre as reações aos beijos entre pessoas de mesmo sexo e de sexos opostos.

E quando os resultados voltaram, não havia nenhuma diferença nas reações entre os sujeitos masculinos e femininos ou sobre se os beijos nas fotografias fossem eróticos ou não. Em vez disso, os resultados mostraram uma grande diferença na reação do cérebro aos beijos entre pessoas de sexos opostos e entre pessoas do mesmo sexo. Este foi um caso clássico de pesquisa científica que surpreende e leva para uma direção completamente inesperada, provocando muitas perguntas novas durante o processo. Em outras palavras, a experiência foi um exemplo dramático de como a ciência *deveria* funcionar.

Nos seriados populares da TV, a ciência é sempre mostrada como se seus mistérios fossem solucionáveis em uma hora, mais ou menos, ou pelo menos em poucos episódios. Mas na realidade a ciência simplesmente não funciona assim. Nosso experimento com MEG inovou ao pesquisar o beijo de uma maneira como nunca o tinha sido, pelo menos tanto ao que sabemos. Foi um primeiro passo para a esperança de descobrir se vale a pena fazer uma pesquisa mais aprofundada – e, definitivamente, *vale*. A ciência do beijo ainda está nos seus anos de desenvolvimento, e há muito a se fazer, tanto em aparelhos de MEG quanto em outros lugares.

E é exatamente por isso que os cientistas não podem sair por aí tirando conclusões sobre sexualidade humana ou comportamento baseadas em experimentos preliminares que envolvem um número muito limitado de participantes. Em vez disso, devemos utilizar os resultados como pistas que nos ajudarão a projetar a próxima fase da pesquisa.

E agora? Bem, já que sabemos que alguns pequenos fatores nas fotografias afetam as reações do cérebro, algum estudo posterior poderá criar um novo conjunto de imagens e controlar mais cuidadosamente as diferenças quanto ao fundo, iluminação, contraste e outros atributos, incluindo as pessoas mostradas. As fotografias ficariam mais padronizadas, para tornar todas as condições tão semelhantes quanto for possível, exceto para o fator específico que estamos mais interessados em examinar (ou seja, se a reação se relaciona ao "erótico" em relação a um beijo de amizade, ou a um beijo entre pessoas do mesmo sexo em relação a um beijo entre pessoas de sexos opostos). Se os pesquisadores observarem as mesmas tendências nos estudos controlados subsequentes, talvez possamos desenvolver ideias bem mais consistentes sobre o que está ocorrendo.

Também deveríamos escolher os participantes do nosso estudo com mais cuidado quando fizermos um teste posterior. Por exemplo, se a diferença entre a resposta ao beijo entre pessoas de sexos opostos e ao beijo entre pessoas do mesmo sexo é realmente um produto do efeito frequência, é possível que as pessoas que, digamos, passam horas olhando homossexuais (como, por exemplo, pornografia homossexual) durante a semana não apresentariam uma resposta tão forte aos beijos entre pessoas do mesmo sexo. Isso seria um achado importante.

Em resumo, quando fizemos o experimento sobre o beijo, observamos um padrão interessante que sugere que realizar mais pesquisas seria uma ideia excelente. Um dia poderemos ser capazes de identificar uma base neurológica que induz às várias reações registradas na MEG, mas neste meio-tempo já temos algumas ideias importantes sobre como abordar a próxima problemática que nos intriga na pesquisa sobre a relação entre o beijo e o cérebro.

E, assim, a ciência do beijo continua. Na realidade, ela está apenas começando.

O BEIJO E O CÉREBRO

Durante toda nossa vida, a estrutura física da rede neural do cérebro muda continuamente conforme experienciamos o mundo, e as novas conexões neurais que se formam podem ser reforçadas ao longo do tempo com a experiência.

Quando beijamos outra pessoa – principalmente se for um parceiro novo –, grandes quantidades de informações são processadas: seu cheiro, sabor, movimentos, tato e até som. Essas informações ajudam o cérebro a interpretar como pensamos e o que sentimos a respeito dessa pessoa associando essas sensações a ela. Ou seja, nosso cérebro se altera à medida que beijamos. As mudanças acontecem em uma escala microscópica (como com qualquer outra atividade), mas é correto afirmar que o beijo é capaz de remodelar a mente, literalmente.

Capítulo 11

LABORATÓRIO ABERTO

O experimento em neurociência descrito no capítulo anterior aventurou-se em apenas um dos muitos campos existentes no qual a pesquisa científica sobre o beijo pode avançar. As possibilidades de para onde seguir a partir deste ponto são inúmeras e praticamente ilimitadas. Na conclusão de todo artigo científico, costuma-se destacar as questões pendentes de uma área e as novas direções em potencial. Agora que exploramos a história do beijo, sua evolução, sua manifestação em várias espécies, seus efeitos no nosso corpo, tentaremos prever o que virá a seguir. Descreverei alguns possíveis experimentos que valeria a pena desenvolver, interligando temas em diversas disciplinas, e que valem a pena ser acompanhadas, trabalhando nos aspectos mais intrigantes constatados anteriormente.

1. Nossos primos beijoqueiros

No Capítulo 2, demos um passeio pelo reino animal, vendo uma amostragem matizada de comportamentos "parecidos com beijo" entre nossos parentes próximos e distantes. A espécie cujos beijos mais se assemelham aos nossos é um amoroso primo primata, o bonobo, cujos lábios rosados e a língua habilidosa podem ser usados para expressar todo tipo de comportamentos sociais afetuosos. Já que o estudo da relação entre os hormônios e o beijo nos seres humanos mostrou-se difícil devido ao estresse provocado em um teste clínico realizado em um meio ambiente artificial, é possível que uma pesquisa com bonobos possa lançar uma nova luz sobre nossas questões pendentes.

Para tanto, antropólogos e endocrinologistas precisariam colaborar, começando alicerces deixados por Wendy Hill e Carey Wilson, do Lafayette College. Como expliquei no Capítulo 8, a equipe usou saliva e amostras de sangue para medir os níveis de oxitocina e cortisol dos casais antes e depois das sessões de beijos, esperando que o beijo diminuísse o estresse e elevasse o fluxo de hormônios associados ao apego emocional. Para evitar a influência da ansiedade por causa da situação de experimento, um estudo semelhante poderia ser aplicado nos bonobos em condições naturais. Como resultado, os cientistas conseguiriam compreender melhor o papel do beijo nas interações sociais entre os bonobos e, por extensão, uma melhor percepção sobre o beijo nas nossas.

O estudo seria feito da seguinte maneira: os cientistas que trabalham com os santuários dos bonobos recolheriam amostras dos hormônios dos sujeitos do teste que já estivessem acostumados a participar de sessões de beijos nesse contexto. Como os bonobos certamente não se sentiriam tão desconfortáveis ou ansiosos como os estudantes do Lafayette College, os dados seriam mais confiáveis.

A metodologia para obter esses resultados não é difícil: nos últimos anos, foram realizados testes hormonais com saliva dos bonobos com uso de cotonetes revestidos de balas. Depois que as balas foram consumidas e o algodão, descartado, os cotonetes foram coletados e analisados. Em teoria, esse procedimento poderia ser combinado com uma simples análise de sangue para medir os níveis de oxitocina e cortisol antes e depois de observar um casal de bonobos trocando um beijo de língua. Se os cientistas registrassem uma elevação da oxitocina e uma queda do cortisol, isso demonstraria a importância do beijo para desenvolver e manter os vínculos sociais e produziria uma prova importante de que os seres humanos e os bonobos beijam por razões semelhantes e, possivelmente, sugeriria que a verdadeira natureza do beijo é ainda mais universal do que é reconhecida atualmente.

2. Nenhuma montagem é necessária

O simples ato de inclinar a cabeça antes de um beijo pode realmente fornecer algumas pistas valiosas sobre a comunicação não verbal entre as pessoas. Howard Nusbaum, um psicólogo da Universidade de Chicago, sugeriu que a realização de um estudo com voluntários que concordassem em se beijar em um laboratório permitiria que os cientistas sociais observassem como esse fenômeno funciona. Se desconhecidos batessem cabeça com maior frequência do que os casais em relacionamentos estabelecidos, os cientistas poderiam chegar à conclusão de que a experiência é válida. Em contrapartida, uma pesquisa sobre outros gestos demonstrou que os seres humanos são excelentes em captar sinais não verbais instantâneos. Então, a familiaridade com um companheiro de beijos talvez não seja muito importante.

Além disso, os cientistas poderiam pedir a alguns participantes que memorizassem uma série de números (isso é conhecido como "esforço cognitivo") para analisar se uma tarefa mental resulta em uma taxa de cabeçadas mais alta devido ao deslocamento da concentração. Finalmente, uma pessoa em um relacionamento estabelecido poderia ser instruída a iniciar um beijo na direção oposta à normal para descobrir se o parceiro ou parceira consegue se adaptar à troca com facilidade.

Apesar de a inclinação da cabeça parecer superficial, talvez seja útil para auxiliar os cientistas a explorar o significado de como interpretamos os simples sinais sociais dos outros e como isso se manifesta nas nossas ações.

3. O contexto do beijo

Embora seja extremamente difícil, se não impossível, que duas pessoas se beijem dentro de um *scanner* cerebral, talvez ainda possamos usar a tecnologia de neuroimagem para saber mais sobre a neurociência do beijo, a saber, como o contexto em que ocorre um beijo influencia a experiência como um todo.

No Capítulo 5 vimos que, durante um beijo, muitas pistas são transmitidas, ajudando nosso cérebro e corpo a entender e influenciando os neurotransmissores a regular o que sentimos e como nos comportamos. Todos os muitos e variados elementos que compõem o ambiente em que o beijo acontece – o humor, a ambiência, a intensidade da ligação entre duas pessoas – desempenham um papel crítico no resultado de qualquer troca. No nível mais básico, quem recebe o beijo precisa interpretar a sua origem, inclusive se é dado por um amigo, amante ou inimigo. Essas informações influenciam a maneira como a pessoa reage. E embora a metodologia para analisar esse processo não seja simples, ela deve ser possível com a fMRI.

Pesquisas anteriores sobre resposta à dor demonstraram que a presença de um ente querido reduz a gravidade do desconforto. Em um estudo de 2006, por exemplo, dezesseis mulheres casadas foram colocadas dentro de uma fMRI sabendo que sentiriam um choque elétrico no tornozelo enquanto seguravam a mão do marido, ou de um experimentador masculino anônimo, ou de nenhum dos dois. Essa foi a primeira experiência que documentou como o tato afeta a resposta do cérebro a uma situação ameaçadora. As mulheres felizes no casamento e que apresentavam níveis mais altos de satisfação no relacionamento e que estavam segurando a mão dos maridos sentiram menor desconforto durante o experimento. Em outras palavras, saber quem está presente em determinado contexto interage com a fisiologia de uma pessoa para determinar como ela vivencia uma situação. Isso está relacionado a por que, quanto ao beijo, a identidade da outra pessoa tem uma forte influência sobre como nos sentimos.

Mais uma vez, há uma restrição tecnológica: é impossível encaixar duas cabeças dentro de um aparelho de fMRI. Por outro lado, o beija-mão poderia servir como uma alternativa viável para pesquisarmos como nossa reação a um beijo varia de acordo com quem a beija. Como vimos no Capítulo 3, o beija-mão tem sido registrado desde a Antiguidade. Portanto, usando uma metodologia delineada de acordo com o experimento de fMRI em que os sujeitos ficavam de mãos dadas, um estudo similar poderia pesquisar como a experiência do beijo é influenciada pela identidade da pessoa que a beija. Tal como as mulheres na experimentação anterior, os indivíduos do teste com a fMRI seriam informados sobre quem beija sua mão (um cônjuge ou um estranho). Monitorando a atividade cerebral, os cientistas observariam como a reação varia de acordo com a relação entre o sujeito na máquina e a pessoa que beija sua mão. Se forem observadas reações diferentes após testes repetidos entre vários sujeitos de teste, esse tipo de pesquisa seria finalmente capaz de demonstrar que um beijo não é "apenas um beijo", mas que depende muito do contexto no qual ocorre.

4. O TESTE DO TEMPO

Outra área interessante seria examinar as atitudes relacionadas ao beijo nos relacionamentos ao longo do tempo. Afinal, o vínculo entre duas pessoas pode mudar muito à medida que os parceiros passam por mudanças de vida significativas. Alguns casais se aproximam ao longo do tempo, outros se separam. Ao aprendermos sobre o papel do beijo à medida que os relacionamentos e seus participantes amadurecem, poderíamos dar aos casais uma orientação melhor, principalmente sobre como manter um casamento e entender as necessidades físicas e emocionais do outro nos diferentes estágios da vida.

Para encontrar respostas a esses tipos de perguntas, os cientistas poderiam conduzir o que chamamos de estudo longitudinal – que acompanha os mesmos indivíduos durante um longo tempo. Eles poderiam fazer perguntas aos homens e às mulheres sobre suas preferências quanto ao beijo muito semelhantes àquelas aplicadas na pesquisa social de Albany, descrita no Capítulo 6: o que os atrai em um beijo, o que chama mais atenção em um parceiro de beijo, qual a importância que dão ao beijo em seus relacionamentos, nos encontros sexuais, e assim por diante. Continuando a pesquisar os mesmos sujeitos de teste em intervalos de cinco anos, poderíamos começar a observar como as perspectivas sobre beijo mudam com o passar do tempo. As entrevistas poderiam começar quando os sujeitos de teste estivessem em idade universitária, mas o fluxo contínuo de dados acabaria lançando uma luz sobre as preferências de ambos os sexos à medida que envelhecemos.

A pesquisa longitudinal em áreas relacionadas sugere que neste tipo de estudo os cientistas podem encontrar diferenças marcantes. Por exemplo, será que a importância que damos à frequência e à intensidade de um beijo diminui nos homens e nas mulheres à medida que as responsabilidades familiares se acumulam quando se aproximam da meia idade? Quando chegassem aos oitenta anos, os participantes achariam divertido lembrar o que os fez beijar uma pessoa aos vinte?

Da mesma maneira, embora cientificamente desafiador, seria muito esclarecedor obter os dados hormonais dos mesmos sujeitos e observar como o corpo de cada participante muda assim como suas respostas. Afinal, o fluxo e o refluxo dos relacionamentos se dão junto com a intimidade física. Talvez conseguíssemos verificar que as mudanças nas preferências dos beijos estão associadas a uma elevação ou diminuição dos níveis de testosterona e estrogênio, ou observar as principais atitudes das mulheres mudando notavelmente na pós-menopausa. Esse tipo de pesquisa poderia esclarecer qual a influência do processo de envelhecimento no modo como sustentamos vínculos sociais importantes com os entes queridos e fornecer mais dados aos cientistas sobre o que estaria envolvido no sucesso de um compromisso de longo prazo.

É claro que, enquanto esses dados certamente não puderem ser obtidos, nós inevitavelmente teríamos de esperar muito tempo e depender de uma equipe de pesquisadores muito comprometida para poder aprender algo com eles. No entanto, seria interessante testar se o beijo entre duas pessoas em um casamento feliz de décadas incentiva níveis mais elevados de oxitocina do que um beijo entre um jovem casal em início de relacionamento. Esses estudos poderiam ser adaptados para considerar as múltiplas teorias sobre o beijo, o estresse e o apego.

Os resultados realmente importam ao se considerar a longevidade dos relacionamentos. A maioria das pessoas espera estabelecer um compromisso para toda a vida no altar, mas, no mundo todo, as estatísticas de divórcio demonstram que, infelizmente, muitas são incapazes de ir até o fim. Se as pesquisas conseguirem demonstrar que a intimidade física, medida por fatores como a frequência dos beijos, está correlacionada a um aumento na satisfação com a relação, então é possível que algum tipo de terapia do beijo possa até ser incorporada ao aconselhamento matrimonial.

5. Siga seu nariz

O olfato é outra área em que as pesquisas relacionadas ao beijo ainda têm muitos quilômetros a percorrer. Conforme foi destacado no Capítulo 7, os cientistas já obtiveram muitos indícios que sugerem que nosso olfato desempenha um papel importante na nossa decisão de se aventurar em um relacionamento romântico. Ele até providencia um meio de avaliar os genes do parceiro e, principalmente, seu MHC.

Mas o MHC é apenas uma parte do nosso vasto genoma humano. A relação real entre nosso olfato, nossos genes e nossa compatibilidade provavelmente é muito mais complexa e envolve muitas outras áreas. À medida que os geneticistas aprenderem mais sobre os papéis dos diferentes genes humanos nos próximos anos, eles também encontrarão uma base fisiológica mais sólida para compreender como nossas preferências de cheiros desempenham um papel na escolha de parceiros e por que, ou se, essas escolhas importam no final, com a chegada de filhos.

6. A DIVERSIDADE IMPORTA

Quando os métodos de experimento hormonal se tornarem mais refinados, será interessante analisar sujeitos de várias faixas etárias e de diversas origens, e elucidar se esses resultados podem ser aplicados a um grupo demográfico maior do que a amostra limitada estudada em uma universidade.

No Capítulo 6, aprendemos que os homens e as mulheres heterossexuais têm preferências diferentes sobre o estilo de beijo. Isso provavelmente se relaciona tanto com os hormônios quanto com as expectativas culturais, e por isso seria muito esclarecedor examinar mais de perto o papel que a orientação sexual de uma pessoa desempenha nas suas atitudes relacionadas ao beijo. Imagine, por exemplo, uma grande pesquisa social, semelhante ao estilo daquela aplicada na Universidade Albany, mas que inclua membros de todas as comunidades: lésbicas, gays, heterossexuais, bissexuais e transexuais.

Vimos como os costumes e os estilos de beijo também variam enormemente ao redor do mundo. Portanto, a mesma pesquisa poderia produzir resultados distintos em diferentes países. Por exemplo, será que no Brasil, na Índia e na China os homens manifestariam a mesma preferência pelo beijo de língua que os homens norte-americanos parecem ter? Seriam os dentes tão significativos para as mulheres que vivem na Austrália, no Japão e na Espanha? Apesar das semelhanças fisiológicas, tenho fortes suspeitas de que a cultura influenciaria os resultados, mas isso ainda não foi testado cientificamente.

Quem pode dizer para onde a pesquisa sobre o beijo irá a partir de agora? Se fôssemos mapear o curso do progresso científico de qualquer disciplina, o diagrama resultante seria parecido com uma árvore ramificada. Alguns ramos quebrariam ou morreriam à medida que os estudos se deparassem com obstáculos no meio do caminho ou a comunidade científica perdesse o interesse. Nesse ínterim, enquanto a ciência progredia para acomodar as ideias emergentes, outros ramos continuariam crescendo em qualquer direção imprevisível.

Com essa imagem em mente, espero ter destacado algumas das questões mais importantes e inspirado novos rumos para outros trilharem, especialmente em neurociência. Embora o beijo não tenha sido totalmente ignorado pelos pesquisadores científicos da atualidade, ele tampouco recebeu muita atenção. Talvez estejamos começando a ver uma mudança.

Capítulo 12

O FUTURO DO BEIJO

A popularidade e a atração do beijo mudaram ao longo da história, muitas vezes como resultado das transformações dos costumes sociais e das normas culturais. Assim como os exploradores do século XIX introduziram esse comportamento entre as pessoas no mundo todo, a TV e o cinema ampliaram sua exposição no século XX. Hoje, a população humana está se movendo e comunicando-se em rede mais rapidamente do que nunca, e graças às novas tecnologias as oportunidades para beijar e os costumes se mantêm em um estado de fluxo. Agora examinaremos como o beijo está se transformando no século XXI enquanto vislumbramos o que poderá acontecer no futuro.

A pesquisa que destaquei enfatiza o significado do beijo nos relacionamentos, e por isso vale a pena observar como a paisagem dos namoros está mudando nesta nossa sociedade cada vez mais interligada. Muitas pessoas se conectam à internet em busca de parceiros em sites como *Match.com*, *eHarmony.com*, entre outros, e não é para menos: é rápido, eficiente e o universo dos solteiros parece ser virtualmente ilimitado.

As pessoas que procuram encontros on-line conhecem a "personalidade" do outro por seu perfil no site muito antes de se aventurar em uma aproximação. Na superfície, pode parecer uma ótima maneira para eliminar os maus resultados e manter uma seleção bem ampla para escolher possíveis parceiros. No entanto, existem também alguns inconvenientes significativos que deveriam ser óbvios a esta altura do livro. Embora a internet seja uma inovação maravilhosa, ela não permite sentir o cheiro, o gosto e outros sinais não verbais que emanam dos indivíduos através da tela. Esses sinais naturalmente importantes estão completamente ausentes em uma "piscadela", "cutucada" ou "flerte" digital, ou qual seja o meio usado para iniciar um primeiro contato. Consequentemente, somos obrigados a tomar decisões sem os instintos que evoluíram para nos guiar melhor. Os encontros são selecionados sem nenhum indício visual, tátil, entre outros, que orientariam os usuários. Quando namoramos on-line estamos, de certa maneira, voando às cegas, ou no mínimo em desvantagem, por causa de informações tão limitadas se comparadas a um encontro em carne e osso.

Acima de tudo, os fatores que tradicionalmente atiçam nosso interesse em uma pessoa são menos óbvios, porque uma ênfase maior é dada aos atributos superficiais ou a um perfil descrito com palavras cuidadosamente escolhidas. As pesquisas sobre as tendências do namoro on-line revelaram que a aparente atratividade física de uma pessoa (baseada em uma fotografia ou uma descrição por escrito) é muito influente em termos da quantidade de e-mails que recebe. Por exemplo, os homens que afirmam ter 1,90 m ou 1,93 m de altura em seus perfis recebem mais mensagens do que a média, enquanto as mulheres que medem entre 1,60 m e 1,72 m recebem mais atenção. Por outro lado, os homens ruivos e de cabelos grisalhos ou as mulheres que usam o cabelo curto receberam uma avaliação bem abaixo da média, enquanto as louras ou as mulheres com cabelos compridos e lisos ficaram em vantagem.

Isso cria um incentivo a mentir sobre a aparência, e muitos usuários o fazem esperando aumentar o número de pessoas interessadas em conhecê-los. Muitas vezes, os homens adicionam alguns centímetros extras à altura, enquanto as mulheres tendem a diminuir vários quilos na descrição original. Portanto, não são apenas os sinais comportamentais entre outros que estão indisponíveis, mas também as informações usadas para julgar a possível adequabilidade de uma pessoa frequentemente são distorcidas.

Mas será que essas observações constituem um obstáculo importante para o futuro dos relacionamentos? Provavelmente não. Uma interação positiva on-line acabará conduzindo a um encontro off-line, quando informações mais confiáveis poderão ser trocadas, e os envolvidos logo descobrem a verdade. Além disso, como o universo dos solteiros é maior na internet do que em um meio ambiente físico, ainda que alguns indivíduos potencialmente adequados sejam inadvertidamente descartados, isto não será um empecilho. Por último, o namoro on-line conta com outros benefícios que equilibram a equação. Por exemplo, se os casais em potencial se conhecerem de forma adequada antes de trocarem o primeiro beijo, as chances de uma ligação positiva serão melhores porque se sentirão mais confortáveis juntos. Quando os parceiros começarem a desenvolver um vínculo, as mudanças hormonais associadas nos seus corpos aumentarão a probabilidade de um relacionamento físico dar certo.

Mesmo assim vale a pena questionar como essa tendência relativamente nova está afetando o comportamento humano de corte. Por exemplo, como o beijo evoluiu durante milhões de anos para ajudar a identificar um parceiro adequado. Podemos investir muito tempo aprendendo sobre uma pessoa inadequada. Mas, no final, o instante quando nossos lábios se tocam provavelmente revelará mais sobre a química verdadeira do que semanas de e-mails acumulados. Ainda assim, estar on-line pode, no mínimo, aumentar as possibilidades de nos aproximarmos de alguém.

Contudo, os sites de encontro são apenas o começo nessas novas fronteiras da tecnologia romântica. O mundo dos jogos está crescendo enquanto as plataformas são desenvolvidas e as experiências virtuais se tornam cada vez mais interativas. Por exemplo, *Second Life*, a maior comunidade de usuários da internet apresentada em 3D, está repleta de beijos entre avatares em relacionamentos sérios ou casuais. Como no mundo real, o beijo é uma atividade favorita na vida virtual.

Em 2009, foi lançado para Nintendo DS *Love Plus*, um jogo japonês. Não é o primeiro video game de namoros, mas seu lançamento deixou o mundo inteiro de olhos arregalados quando os jogadores tiveram de beijar suas namoradas digitais. Em vez dos lábios de verdade de um jogador, esses beijos apenas exigiam que se tocasse na tela com uma caneta. Mas a enorme popularidade de *Love Plus* sugere que, à medida que a engenharia informática se desenvolve e os gráficos se tornam cada vez mais críveis, há um público pronto para abraçar os relacionamentos virtuais – muito literalmente –, inclusive beijar um personagem animado.

E o que dizer sobre o que acontece fora da tela? Os engenheiros informáticos nos permitem dar uma espiada no que surgirá no horizonte da evolução do beijo: robôs que se beijam ou, talvez algum dia, nos beijem.

Em 2008, o mundo acompanhou a estreia dos "robôs beijadores" de Taiwan "Thomas" e "Janet". Essas máquinas muito realistas foram projetadas para "beijar" pela National Taiwan University of Science and Technology. Segundo as informações da entidade, eles são o primeiro par robótico que se beija, uma ação que envolve uma coordenação de mãos e olhos complexa e um equilíbrio preciso.

Thomas e Janet pertencem a um grupo de atores-robôs, mas será que essa nova tecnologia não sugere algo mais sobre o que está por vir? Embora esses robôs não sejam destinados a interações com humanos, é possível que no futuro os computadores pareçam e ajam de maneira suficientemente convincente para serem utilizados como parceiros humanos substitutos. Os androides (robôs do sexo masculino) e ginoides ou *fembots* (robôs femininos) foram retratados em filmes como *Austin Powers*, *Millenium Man* e *AI – Inteligência Artificial*. Com o avanço da ciência, espera-se manter interações físicas íntimas mais realistas com eles. Portanto, a ideia de beijar máquinas programadas para nos simular já não é mais apenas uma parte da ficção científica.

Em 2010, uma robô-companheira em tamanho real, chamada Roxxxy, estreou na Adult Video News Entertainment Expo. Anunciada como a primeira namorada robótica do mundo, *Roxxxy* mede 1,52 metros de altura e pesa 54 quilos. O computador de Roxxxy usa um software de síntese da fala e reconhecimento de voz, e, de acordo com o site, ela

[...] sabe seu nome, o que você gosta e não gosta, consegue conversar e expressar seu amor por você e se comportar como sua namorada. Ela pode falar com você, ouvi-lo e sentir o seu toque. Ela pode até ter um orgasmo!

Certamente parece interessante, mas será que Roxxxy sabe *beijar*?

Liguei para Taiwan para descobrir. Fui informada que Roxxxy tem um motor com sensores na boca, mas que é incapaz de ter um papel ativo no beijo. Em vez disso, a boca foi projetada para ser agradável para outros fins orais. Roxxxy foi inteiramente moldada a partir do corpo de uma modelo de artes plásticas e serve como um dos três *inputs* para os usuários.

Os engenheiros de Roxxxy preveem que com o passar do tempo os robôs-companheiros se tornarão comuns na casa das pessoas. Considerando que, presumivelmente, os principais compradores serão homens – que, como já vimos, geralmente não dão uma importância maior ao beijo – é muito provável que a maioria não sentirá falta dessa atividade. Atualmente, o site *TrueCompanion.com* está se preparando para lançar um robô masculino chamado Rocky. Será que uma compradora mais ousada pedirá uma característica mais avantajada, como um beijo? Atualmente não há planos para desenvolver esse tipo de função, mas eles ficaram de me dar um retorno futuramente quando decidirem fazer atualizações. No entanto, mesmo se os engenheiros informáticos criassem um robô perfeito que beijasse, faltaria a ele o elemento humano impossível de ser programado: a capacidade de formar vínculos sociais reais e duradouros.

Todos os dias novas tecnologias mudam a maneira como interagimos com o mundo, desde como os médicos curam doenças até a facilidade com que nos conectamos à nossa rede social. E embora seja impossível prever exatamente o que aguarda o beijo futuramente, já podemos imaginar algumas possibilidades interessantes. Talvez seja possível "beijar" um ente querido pelo computador, ou talvez a tecnologia virtual nos permita a experiência de beijar uma celebridade ou um parceiro idealizado. Da mesma forma como aconteceu com invenções como as naves espaciais e os *smartphones*, as próximas décadas trarão novas tecnologias para o beijo que nem conseguimos imaginar atualmente. Mesmo assim, de uma coisa temos certeza: o beijo, tal como o conhecemos, nunca sairá de moda, porque ele nos permite fazer um contato importante. Em um nível pessoal, porém, o significado do beijo continuará mudando – exatamente como nossos relacionamentos.

Um olhar para o passado

O namoro on-line surgiu recentemente, mas os anúncios românticos que incluem beijos têm estado em voga há muito tempo. No século XIX, os jornais frequentemente incluíam cartinhas de amor, propostas de casamento e anúncios de pessoas solteiras em busca de contatos perdidos nas grandes cidades. Segundo Pam Epstein, a historiadora da Universidade Rutgers, eles se tornaram tão populares que havia até um manual ensinando como redigir uma resposta. Este anúncio apareceu no New York Herald *em 20 de março de 1870, página 1:*

> A senhora de cabelos escuros, a quem, hoje de manhã (sexta-feira), foi entregue um cartão de visitas enquanto estava na janela com uma amiga, poderia, por favor, enviar seu cartão de visitas para o cavalheiro, cujo nome é conhecido de sua amiga? Ele lamenta ser compelido a recorrer a esse método para fazer este pedido, mas confia que, nestas circunstâncias, ela o desculpará e permitirá que beije (mentalmente) sua mão.
>
> Não há notícias de se a senhora de cabelos escuros respondeu ao pedido ou se recebeu seu beijo pessoalmente.

Capítulo 13

A QUÍMICA CERTA

De Cleópatra a Casanova, sempre nos lembramos daqueles que são lendários na arte da sedução. Mas será que a ciência pode nos ajudar a entender o que eles parecem ter sabido intuitivamente, ou pelo menos guiar-nos para deixar a impressão mais duradoura possível com nossos lábios?

A verdade é que depende. Uma compreensão científica da endocrinologia, do olfato e de outros assuntos certamente ajuda a incrementar as probabilidades de um primeiro beijo dar certo por nos tornar mais conscientes de como o beijo pode afetar o outro. A ciência pode nos dar uma vantagem, mas como a usamos é outra história, e os fatos por si só não conseguem fornecer os ingredientes perfeitos para conquistar o coração de uma pessoa e tornar-se inesquecível. Isso requer charme e uma boa quantidade de acaso.

Beijamos para expressar afeto, adoração, respeito e amor. Beijamos para celebrar um novo começo e dizer adeus. Beijamos porque nos importamos com o outro ou desejamos que assim pareça. Tudo isso resulta em uma quantidade impressionante de atividades cerebrais e muitas transformações complexas em nosso corpo. Terminarei este último capítulo com algumas sugestões muito concretas sobre como, com base nas últimas descobertas científicas, beijar melhor. Mas primeiro vamos analisar quão longe já fomos.

Conforme vimos, milhões de anos de evolução trabalham para nos dirigir. Uma espiadela pelo reino animal mostrou o poder impressionante das demonstrações físicas de afeto – muitas vezes de uma natureza "parecida com beijo" – que unem os indivíduos em relacionamentos fortes. Embora sejamos diferentes dos nossos parentes mamíferos em muitos aspectos, no final, os seres humanos funcionam de maneira muito parecida. Precisamos compartilhar, entrar em contato e comunicar além do mero uso da linguagem, e o beijo tem sido um meio extraordinariamente bem-sucedido para fazê-lo.

Hoje nos deparamos com pessoas se beijando praticamente em todos os lugares, ainda que de maneiras muito variadas ao redor do planeta. É um exemplo perfeito de como o inato e o adquirido se combinam para criar um comportamento único, complexo e variável. Nesse caso, um comportamento que favorece os vínculos sociais íntimos entre seus praticantes – de que dependemos por amor, apoio, segurança e até da sobrevivência.

Também vimos que, quando beijamos, nosso corpo sabe instintivamente o que fazer e como reagir à outra pessoa. Ao longo das nossas experiências, juntamos uma quantidade impressionante de dados sensoriais que, por sua vez, deslancham uma cascata de reações elétricas e químicas que modulam nosso comportamento e nos ajudam a decidir se o beijo *funciona* e se queremos continuar ou ir mais longe.

Tudo isso se desenrola a uma velocidade incrível e de maneira que a ciência mal começou a entender. Afinal, como mencionei anteriormente, as pesquisas sobre a reação do cérebro ao beijo são praticamente inexistentes na literatura científica, e os resultados apresentados pela MEG da NYU criaram muitas novas perguntas. A pesquisa sobre o beijo está apenas começando, e podemos supor que nas próximas décadas saberemos muito mais do que agora.

Mesmo assim, atualmente estamos em uma posição de fazer pelo menos uma tentativa para responder às perguntas que colocamos no início do livro, baseadas no trabalho de Niko Tinbergen, sobre por que os seres humanos se beijam.

Explicações evolucionárias

De onde veio o beijo?

Outras espécies, inclusive muitos primatas, têm comportamentos muito semelhantes ao que chamamos de "beijo". De fato, nossos parentes próximos, os bonobos, literalmente se beijam na boca, exatamente como nós.

Há animais que se dedicam a comportamentos "parecidos com beijo" por uma grande variedade de motivos, desde expressar afeto até uma simples saudação. Alguns "beijos" animais provavelmente ajudam a incentivar os relacionamentos especiais entre mães e seus filhotes, ou entre os membros de um mesmo grupo. Em outros casos, muitas espécies fazem gestos "parecidos com beijo" para dar alimentos pré-mastigados para suas crias – algumas culturas humanas continuam essa prática atualmente.

Tudo isso confirma que o que nós chamamos de "beijo" tem uma longa história biológica e certamente não se limita aos seres humanos. Pelo contrário, a ampla distribuição e a persistência desse comportamento sugerem que ele desempenha um papel fundamental em manter os indivíduos de diversas espécies como pares românticos, unidades familiares ou grupos sociais.

Entre os primeiros seres humanos ou seus antepassados, o beijo pode ter surgido em função de uma procura por comida e sexo, de saudações cheiradas, da relação alimentar entre mãe e filho ou talvez de uma combinação dos três. Não podemos afirmar com certeza, mas cada uma dessas possibilidades é fundamentada na observação dos comportamentos ou demonstrações semelhantes em outras espécies. Porém, uma coisa é certa: o beijo funcionou e veio para ficar. O beijo é tão antigo quanto costumeiro no mundo inteiro, apesar dos diferentes estilos que entram e saem de moda, dependendo dos eventos e das normas socioculturais.

COMO O BEIJO NOS BENEFICIA?

Tal como o sexo, o beijo romântico é um comportamento que facilita a reprodução. Nesse sentido, sua relação com o sucesso na competição para transferir nosso material genético é óbvia. Ele nos beneficia e nos ajuda a continuar existindo em nossa descendência imediata e além dela por meio de nossos genes.

Visto por esse prisma, muitos aspectos dessa experiência parecem ter sido explicitamente projetados para garantir o sucesso reprodutivo. Nos seres humanos, os lábios femininos – como costuma acontecer também com os seios e as nádegas das mulheres – servem para atrair principalmente os membros do sexo oposto, agindo quase como uma espécie de alvo certeiro. Quanto maiores e mais vermelhos forem os lábios, mais os homens os acham atraentes.

A atriz Mae West disse certa vez: "Um beijo é a assinatura de um homem". Ela estava certa. Além da mera atração, há uma maneira mais sutil pela qual a experiência do beijo leva para ainda mais longe nossas decisões reprodutivas. Boa parte da literatura científica especula que o beijo teria evoluído para nos ajudar a escolher um parceiro adequado ou perceber quando um parceiro é uma má ideia. Ele serve como uma ferramenta de pesquisa que nos aproxima o suficiente do gosto e do cheiro da outra pessoa para interpretarmos os sinais e avaliar o potencial de um relacionamento. A troca de informações olfativas, táteis e posturais aciona mecanismos inconscientes que nos guiam para decidir se devemos prosseguir, e um beijo pode até comunicar o nível de comprometimento de um parceiro promissor e sua compatibilidade genética.

Essas pistas inconscientes funcionam para ambos os sexos, porém de maneiras diferentes. Para os homens, uma boca feminina grande e polpuda é sedutora, o que não acontece por acaso. Lábios grandes podem informar sobre sua fertilidade ou saúde de maneira subconsciente.

Uma mulher, por sua vez, descobre muita coisa sobre seu parceiro pelo beijo, mesmo se não estiver ciente disso. Seu corpo reage ao sabor dos seus lábios, sua língua e sua saliva carregada de testosterona, e também pela maneira como ele se posiciona – tudo isso pode ajudá-la a decidir se a cópula vale a pena. Enquanto isso, seu olfato aguçado é capaz de fornecer informações adicionais, principalmente se o odor natural do parceiro abre uma janela para seus genes e a informa se os filhos dessa união terão um sistema imunológico forte.

Ambos os parceiros têm habilidades escondidas que os ajudam a se avaliar mutuamente por intermédio de um beijo. Portanto, em certo sentido, o beijo serve como um teste decisivo da natureza sobre seu relacionamento e para saber se a união produzirá uma prole saudável. O que não deixa de ser um grande benefício para nós e para nossa espécie.

Explicações aproximadas

⸻⸺ O que nos motiva a beijar?

Em geral, os beijos românticos acontecem quando dois indivíduos compartilham um sentimento de proximidade e intimidade. O que exatamente deslancha esse comportamento varia de relacionamento para relacionamento, mas sempre envolve influências biológicas, físicas e sociais complexas. Talvez o mais importante seja a combinação de desejo e apego emocional estimulada pelos neurotransmissores e os hormônios em nosso corpo, como a dopamina e a oxitocina. Essas substâncias provocam uma sensação de desejo e expectativa. Elas também nos incentivam a continuar quando a união e o momento são os certos.

O contexto também é extremamente importante para o início de um beijo. Um ambiente confortável e seguro incentiva a troca, principalmente no caso do primeiro beijo. O que não é uma surpresa: as pesquisas sugerem que o beijo reduz os níveis de cortisol, um hormônio do estresse, no corpo. Um bom beijo traz a sensação de relaxamento, bem como sentimentos positivos de recompensa e segurança, reforçando, portanto, o comportamento e estimulando mais trocas de beijos.

⸻⸺ Como sabemos como beijar?

Aprendemos a beijar desde cedo por causa do carinho que a família e os amigos manifestam por uma criança.

Mesmo na infância, a maneira como uma mãe pressiona seus lábios no bebê para beijá-lo ou alimentá-lo estimula seus centros de prazer no cérebro. O mesmo acontece com a amamentação. Essas sensações criam um mapa cognitivo inicial para os sentimentos positivos associados ao beijo que depois emergirão nos relacionamentos adultos.

Contudo, essas primeiras experiências não são absolutamente necessárias para fazer parte da comunidade internacional dos beijos. E nem sempre sugerem que a criança expressará o amor através dos lábios quando chegar à idade adulta. Mesmo nas diversas culturas que não beijam na boca de maneira romântica por tradição, alguns indivíduos foram observados pré-mastigando os alimentos ou beijando as crianças em sinal de adoração.

Atualmente, o beijo está tão arraigado na maioria das sociedades que é quase impossível não se deparar com ele. Não há nenhuma dúvida de que nos Estados Unidos o desejo de beijar tem sido muito influenciado por Hollywood, os contos de fadas, as pessoas que vemos na rua e as conversas entre os colegas enquanto crescemos. Vemos pessoas se beijando na televisão, ao ar livre e na escola. Lemos a respeito nos romances e nas revistas. A publicidade sobre esse comportamento é melhor do que a da Coca-Cola.

Todas essas influências nos fazem querer beijar, sentir que é algo que precisamos fazer para expressar amor e "saber" que deveria ser feito boca a boca (mesmo se nem todas as culturas humanas concordam). Então é da interação complexa entre nossa biologia, nossa psicologia e nossas expectativas culturais que o conhecimento de como beijar surgiu.

Essa é a posição da ciência sobre o beijo, porém não é o único tipo de informação que este livro pretende transmitir. Vamos ser francos: queremos ser beijadores inesquecíveis, e eu seria extremamente negligente se não encerrasse com algumas sugestões com base científica. Para isso, aqui estão dez lições que extraímos diretamente das discussões científicas apresentadas nas páginas anteriores. Algumas soarão familiares, mas assumirão uma nova força e ressonância quando você reconhecer a ciência que está por trás delas.

1. Realce seus atrativos... sabiamente. Alguns cosméticos tornam nossos lábios mais atraentes por um bom motivo: os homens gostam dos lábios, e gostam deles vermelhos. Então, se a maquiagem é seu estilo, um pouco de *gloss* ou brilho enviará os sinais certos e fará você parecer extremamente sedutora.

Ao mesmo tempo, porém, as pesquisas também sugerem para não exagerar. O batom atrai um impulso muito primitivo, mas os homens não gostam de um beicinho que parece falso. A moderação é um fator crítico. Não importa o que fizermos com eles, a evolução tornou nossos lábios naturalmente sedutores, mas somente se não formos longe demais e dermos um espetáculo por causa deles.

2. Melhore seu sabor e seu cheiro. O sabor e o cheiro não somente fazem uma grande diferença na experiência do beijo como servem para atrair o sexo oposto. Então, se você quiser ser um beijador inesquecível – de uma maneira positiva –, escove os dentes e use fio dental diariamente para manter as bactérias na sua boca sob controle. Isso é fundamental para eliminar a gengivite,

que pode deixá-lo com mau hálito crônico, desdentado e até aumentar o risco de uma doença cardíaca.

Apesar de alguns odores estarem fora do nosso controle, você pode aumentar ainda mais as probabilidades a seu favor evitando certos alimentos picantes ou fortes. Mantenha chicletes ou balas de hortelã à mão para o caso de não ter tido tempo de se preparar adequadamente para um inesperado encontro com beijos.

3. APRENDAM A SE CONHECER. Se quiser que seu primeiro beijo com um parceiro ou parceira seja inesquecível, é muito importante que antes passem muito tempo juntos se conhecendo para assentarem devidamente as bases hormonais. Durante esse processo, ambos estarão criando uma ligação com uma base química forte. É preciso incentivar especialmente o disparo de hormônios que estimulam os sentimentos de apego e adoração para que cada um desenvolva um investimento emocional que preparará o palco para um contato físico. Desse modo, quando as coisas passarem para o nível seguinte, a oxitocina já será sua aliada e o beijo apenas reforçará a proximidade que vocês já compartilham.

4. ESTIMULE A ANTECIPAÇÃO. O desejo por algo acaba fazendo que obtê-lo seja muito melhor, e um beijo não é nenhuma exceção. Se Rhett tivesse beijado Scarlett na primeira cena de ... *E o vento levou*, o público não teria ficado nem um pouco interessado no que aconteceria com o casal depois. Foi muito melhor acompanhar a evolução da tensão sexual, e na nossa vida os sentimentos funcionam exatamente da mesma maneira.

O primeiro beijo será muito mais prazeroso se cada pessoa sonhar sobre como, quando e onde ele acontecerá. Quando duas pessoas sentem a emoção da caça, no contato final o resultado será como os poetas descrevem: ao som de violinos e fogos de artifícios.

Essa é a versão romanceada deste conselho, mas a ciência a apoia: mesmo quando a oxitocina já estiver do seu lado, você ainda precisará da dopamina para estimular o desejo. Antes de um beijo, você vai querer que esse neurotransmissor se eleve aos seus níveis máximos – pelo menos antes que as coisas se tornem mais físicas.

E também é o motivo por que um bêbado desajeitado certamente não pode esperar que seu beijo babado impressione uma pessoa estranha (a não ser que ela também esteja embriagada). Em contraste, um casal que conversa e flerta durante horas em um meio ambiente confortável desenvolve a antecipação. Ao se conhecerem, eles conseguem perceber as dicas sutis que informam se a outra pessoa está interessada. À medida que o vínculo se forma, as barreiras do espaço pessoal se rompem, e quando finalmente trocam um beijo a recompensa da dopamina será maior para cada um, e o beijo, tanto mais inesquecível.

5. Torne o beijo confortável. Preparar o cenário é muito importante para garantir que o beijo dará certo, porque sempre associamos um bom beijo a sentimentos de segurança e confiança. Por essa mesma razão, preocupar-se demais com todos os detalhes é contraprodutivo: cortisol e beijo simplesmente não combinam. O estresse pode estragar o momento antes que comece ou até mesmo impedir que aconteça.

Nem todos os aspectos de um beijo estão sob seu controle, mas você certamente pode incentivar a possibilidade de que dará certo. Aguarde até que o ambiente seja apropriado e não se apresse, custe o que custar. Quando vocês se sentirem relaxados e confortáveis juntos, o momento será ideal para fazer a sua jogada.

6. O PODER DO TOQUE. Como já mencionamos, nossos lábios evoluíram até se tornarem uma das áreas mais sensíveis do nosso corpo, dando-nos prazer ao roçar mais leve. A mais leve pressão iniciará um desfile eletrizante de impulsos no cérebro, e, quando experimentarmos pela primeira vez as sensações decorrentes, ansiaremos por mais. Beijar é como uma droga que nos deixa naturalmente inebriados, e pode ser melhor do que qualquer substância de uso recreativo. Os hormônios associados incentivam nosso desejo de continuar.

Mas, se você quiser que os lábios da outra pessoa gostem do beijo, não se esqueça de prestar atenção às outras partes do corpo também – de preferência antes que o beijo aconteça. Acariciar as costas envia uma cascata de sinais prazerosos para o cérebro, acalma os níveis de cortisol e deixa os dois mais à vontade. Ficar abraçados, de mãos dadas e massagear também criam sensações positivas de apego, até de amor. Surpreender o outro gentilmente dessa maneira tornará o beijo melhor ainda à medida que a dopamina engata uma quinta marcha por causa dessa novidade suplementar.

7. CONFIE NO SEU CORPO. Se um beijo parece "certo", continue. Se sentir que há algo errado, é possível que seu corpo esteja dizendo "pare!". Talvez você e a pessoa que está beijando tenham imunidades semelhantes, e você sinta, de alguma maneira, que esse indivíduo não seria um bom companheiro geneticamente.

Embora praticar uma boa higiene seja muito importante para um beijo ter êxito, as pesquisas sugerem que é insuficiente. Por razões que nossa mente consciente não consegue entender nem controlar, é sempre possível que seu cheiro ou sabor desagrade a outra pessoa. Ou vice-versa. Quando um beijo não dá tão certo como você esperava, lembre-se de que há outra pessoa lá fora esperando por você e sua química.

8. NÃO ESTRAGUE O MOMENTO. Existem várias maneiras para estragar até o beijo mais promissor. Evitar a maioria delas é uma simples questão de bom senso, porém entender a ciência envolvida nisso também ajuda.

Por exemplo, nunca force os limites de uma pessoa ao extremo, fazendo que se sinta insegura e na defensiva – você estará acionando os hormônios errados. Em vez disso, aja tão reciprocamente quanto possível e preste atenção à reação do seu parceiro sem dominar a troca. E o mais importante: não analise demais a situação, pelo contrário, deixe seu corpo tomar conta dela. Pensar demais impedirá que você vivencie o momento na sua plenitude. Permita-se – com a mente e o corpo – a liberdade de aproveitar o beijo.

Lembre-se também de que as bebidas alcoólicas e as drogas alteram a experiência do beijo. Para que esse momento crítico do primeiro beijo seja inesquecível, tenha certeza de que é o beijo, e não alguma substância química, que o torna prazeroso. De outra forma, as sensações intensas de uma conexão especial podem dissipar-se à medida que os efeitos desaparecem.

9. NÃO SEJA APENAS UM "BOM BEIJADOR", seja um bom beijador para o seu parceiro(a) em particular.

Quando duas pessoas se acostumam a se beijar, elas se harmonizam quanto à linguagem do seu corpo e de seus desejos. Isso significa que aquelas pessoas de quem mais nos lembramos podem não ter uma técnica digna de uma obra de arte universal, mas elas provavelmente têm o dom de nos entender e ter dado o primeiro passo no momento certo. Os "melhores" beijadores deixam a outra pessoa satisfeita porque são emocional e fisicamente receptivos a ela, fazendo-a se sentir adorada.

Para maximizar uma reação apaixonada ao beijo, o melhor é conversar abertamente sobre todos os aspectos do relacionamento. Uma boa parceria depende de muito mais do que um beijo compatível. Valores comuns, experiências compartilhadas, sensibilidade quanto ao *timing* e objetivos compatíveis podem fazer a diferença entre uma experiência passageira e um compromisso para a vida inteira. Acima de tudo, porém, serão a confiança e a honestidade entre duas pessoas que desenvolverão um sentido profundo das necessidades do outro.

10. BEIJE COM FREQUÊNCIA E REGULARIDADE. Quando conhecer uma pessoa especial, um beijo funciona para manter a parceria que vocês compartilham e contribuir para manter a paixão acesa – com muita assistência daqueles hormônios e neurotransmissores mencionados anteriormente. Muitos beijos são um sinal revelador de um relacionamento saudável porque esse contato estimula uma sensação de segurança por intermédio do companheirismo, o qual, por sua vez, tem sido ligado à felicidade fisiologicamente.

No final desta jornada, começamos a entender muita coisa sobre a ciência do beijo. Porém, como acontece muitas vezes com empreendimentos desse tipo, também restam mais perguntas e caminhos que valem a pena ser percorridos.

O que a ciência começou apenas a explorar com alguns instrumentos sofisticados e muitas ideias novas, os poetas e os artistas já tentam entender há milênios, escrevendo sonetos e criando obras de arte baseadas neste único tema. Os exploradores também refletiram sobre os estranhos comportamentos "parecidos com beijo" que observaram ao redor do mundo. Como europeus "esclarecidos", eles achavam que sua maneira especial de beijar os tornava superiores. Por outro lado, hoje sabemos que o beijo é uma prática ecoada em todo o reino animal e que, na realidade, ele une as pessoas em vez de separá-las. Se houver uma única mensagem que você levará deste livro, eu espero que seja esta: não desista do romance. Um beijo pode ser uma das experiências mais extraordinárias compartilhada entre duas pessoas, e entender a ciência que está por trás ajudará a melhorar cada momento.

Sobre a ciência do beijo

Quando se trata dos assuntos do coração, o beijo evoluiu para incentivar as sensações de contato, romance e intimidade – sensações que, quando a parceria dá certo, podem ser levadas entre duas pessoas até o infinito. O beijo pode ser pesquisado, estudado e até dissecado de todos os ângulos cientificamente, porém, no final, o que resta é uma conclusão real e sólida: o beijo é um tipo de linguagem universal, e aqueles envolvidos na troca são os que podem interpretá-lo melhor.

Assim, o beijo persiste ao longo do tempo, das gerações e dos povos, em todas as latitudes e longitudes. Ele continuará motivando os namorados, atores, escritores e todos nós. Não importa como tenha começado, por que o fazemos e onde acontece, um beijo muitas vezes celebra o que talvez seja a maior emoção de todas: o amor.

Agradecimentos

Eu não teria concluído este livro sem o apoio de todas as pessoas que me guiaram ao longo desta jornada. Pelas leituras úteis, retorno e conselhos, agradeço ao meu colega e querido amigo de longa data Chris Mooney. Enquanto minha pesquisa progredia, suas ideias, que sempre me fazem pensar, encontraram frequentemente seu caminho para o texto, e é com o incentivo de Chris que evoluí de cientista a escritora.

Também sou extremamente grata a Vanessa Woods pelo apoio e companheirismo durante as longas horas que trabalhamos juntas. Nossas tardes de diálogos muitas vezes nos levaram às questões importantes pesquisadas no livro. O trabalho de Vanessa e, principalmente, sua pesquisa sobre os bonobos me ajudaram a completar os capítulos 1 e 2. Muito obrigada também a seu marido, o antropólogo Brian Hare, da Universidade Duke. Ele iluminou muitas das ideias incluídas no comportamento animal e forneceu uma percepção excelente sobre a vida dos cães e dos primatas.

Vilayanur S. Ramachandran merece todo crédito por ter sugerido que eu levasse a sério a ideia de escrever um livro sobre a ciência do beijo, e sou grata a ele pelo apoio.

Meu muito obrigada a Al Teich e Jill Pace por terem coorganizado, em 2009, o Simpósio "American Association for the Advancement of Science" sobre "A ciência do beijo".

Agradecimentos

Estou em dívida com o antropólogo Vaughn Bryant e o classicista Donald Lateiner por me indicarem uma quantidade enorme de informações sobre a história do beijo. Eles animaram os capítulos 3 e 4 com histórias fascinantes. Um enorme muito obrigada à minha maravilhosa agente Sydelle Kramer, que me ajudou a desenvolver as primeiras ideias e questões. Muito obrigada também à minha fantástica editora Emily Griffin, por acrescentar mais profundidade e dimensão a cada capítulo, e a Roland Ottewell, pela atenção escrupulosa aos detalhes.

Sou grata a Stuart Pimm e aos membros da comunidade da Universidade Duke pelo espaço de trabalho e conversas estimulantes sobre a ciência, o beijo e a ciência do beijo. Muito obrigada a Austin Luton pela ajuda nas traduções, o processo de edição e a verificação dos fatos. Muito obrigada também a Michael Nitabach, Helen Fisher, Gordon Gallup, Sarah Woodley, Lawrence Krauss, Melissa Bates, Bethany Brookshire, Tara Smith, Howard Nusbaum, John Bohannon, Catharine e Bora Zivkovic e Yuying Zhang por responderem às minhas perguntas técnicas relacionadas às suas especialidades. E a Pam Epstein pelo contexto histórico para o anúncio do jornal *New York Herald*. E a Michael Burkley, John Renish, Jessica Franken, Geran Smith e Joseph Flasher, por se oferecerem, voluntariamente, para ajudar com as pesquisas on-line.

Sou grata a Nicolas Devos, Wim Delvoye, Vanessa Woods, Ariel Soto, Marika Cifor, Alexandra Williams, Space Telescope Science Institute e o London Museum of Natural History pelas fotografias e imagens artísticas. E também aos editores Amos Zeeberg e Gemma Shusterman da revista *Discover*, que organizaram uma

Agradecimentos

"Galeria da Ciência do Beijo" para mostrar os beijos através dos tempos, espaço e espécies. Além deles, agradeço também a Amos e à nossa colega da revista *Discover* que tiveram a gentileza de participar do experimento com MEG apresentado no Capítulo 10.

Um enorme muito obrigada para David Poeppel e seu incrível laboratório na NYU por sua colaboração no desenvolvimento do estudo em neurociência. Esse grupo merece um reconhecimento muito especial por ter levado minha ideia suficientemente a sério e colocar em prática a experimentação do beijo. A equipe me deu horas infinitas de tempo, paciência e incentivos, e eu aprendi muito com nosso trabalho em conjunto. Gregory Cogan me ajudou demais com a análise de dados e me ofereceu sua hospitalidade durante minha visita à NYU. Ele também me ajudou com as informações sobre a neurociência ao longo de todo o livro. Agradeço a Katherine Yoshida por ter indicado os métodos da pesquisa, Jeff Walker por operar a MEG, Christine Boylan por medir minha cabeça, Tobias Overath por ter me introduzido na fMRI em segurança e aos outros membros do laboratório, Xing Tian e Yue Zhang, e às centenas de leitores do blog da revista *Discover* que participaram da minha pesquisa preliminar sobre o beijo.

Este livro não teria sido possível sem uma vida inteira de amor por parte da minha mãe, meu pai, Seth, Jen, e Rose. Agradeço também a Rebecca McElroy por décadas de conversas informais sobre o assunto e a Samantha Brooke, Benjamin Baron-Taltre e Dan Cashman pelos seus incentivos quando eu mais precisava.

Para terminar, um muito obrigada muito especial para David Lowry, meu marido e minha fonte de inspiração. Ele

Agradecimentos

leu muitas das primeiras versões deste texto e sugeriu uma perspectiva interessante que abriu várias novas direções enquanto eu continuava escrevendo. David é um biólogo de laboratório e de campo extraordinário, e me ajudou a entender corretamente os detalhes sempre que eu tinha dúvidas. Ele apoia infinitamente até minhas ideias mais estranhas com um otimismo, entusiasmo e amor sem limites.

Bibliografia

Abbey, A.; Mcauslan, P.; Zawacki, t.; Clinton, a. & P. Buck. Attitudinal, experiential, and situational predictors of sexual assault perpetration. *Journal of Interpersonal Violence*. 16, p. 784-807, 2001.

Adams. J. M. Will loggers put Koko out of the mood? *Baltimore Sun*, 1994.

Aiello, L. & Dean, C. *An Introduction to Human Evolutionary Anatomy*. Nova York: Academic Press, 1990.

Alter, R.; Flannagan, J. & Bohannon, J. The effects of arousal on memory for first kisses. Apresentação no encontro anual do Southeastern Psychological Association, Mobile, Alabama, 1998.

Altman, L. K. Henson death shows danger of pneumonia. *New York Times*, 20 maio 1990.

Andrews, P. W.; Gangestad, S. W.; Miller, G. F.; Haselton, M. G.; Thornhill, R. & Neale, M. C. Sex differences in detecting sexual infidelity: Results of a maximum likelihood method for analyzing the sensitivity of sex differences to underreporting. *Human Nature*. 19, p. 347-373, 2008.

Angier, N. A potent peptide promotes an urge to cuddle. *New York Times*, 22 jan. 1991.

Archer, C. I.; Ferris, J. R.; Herwig, H. H. & T. H. E. Travers. *World History of Warfare*. Lincoln: University of Nebraska Press, 2008.

BIBLIOGRAFIA

ARNOLD, K. A., & BARLING, J. Occupational stress in "dirty work". Em Dollard, M. F.; Winefield, H. R. & Winefield, A. H. (eds.). *Occupational Stress in the Service Professions.* Londres: Taylor and Francis, 2003.

ARON, A., & ARON, E. N. Love and sexuality. Em Mckinney, K. & Sprecher, S. (eds.). *Sexuality in Close Relationships.* Hillsdale: Erlbaum, 1991.

ARON, A.; FISHER, H.; MASHEK, D.; STRONG, G.; HAIFANG, L. & BROWN, L. Reward, motivation, and emotion systems associated with early-stage intense romantic love. *Journal of Neurophysiology.* 94, p. 327-337, 2005.

BAILEY, K. V. Premastication of infant food in the New Guinea Highlands. *South Pacific Commission, Technical Information Circular.* 61 (1), p. 1-3, 1963.

BALCOLMBE, J. *Pleasurable Kingdom: Animals and the Nature of Feeling Good.* Londres: Macmillan, 2006.

BARBER, N. The evolutionary psychology of physical attractiveness: Sexual selection and human morphology. *Ethology and Sociobiology.* 16, p. 395-424, 1995.

BARRETT, D.; GREENWOOD, J. G. & MCCULLAGH, J. F. Kissing laterality and handedness. *Laterality.* 11 (6), p. 573-579, 2006.

BBC NEWS. Kissing couples turn to the right. 13 fev. 2003. Disponível em: http://news.bbc.co.uk/2/hi/health/2752949.stm.

BENTON, D. The influence of androstenol – a putative human pheromone – on mood throughout the menstrual cycle. *Biological Psychology.* 15 (3-4), p. 249-256, 1982.

BERLIN, B. & KAY, P. *Basic Color Terms: Their Universality and Evolution.* Berkeley: University of California Press, 1969.

BERSCHEID, E. The human's greatest strength: Other humans. Em Staudinger, U. M. (ed.). *A Psychology of Human Strengths: Fundamental Questions and Future*

BIBLIOGRAFIA

Directions for a Positive Psychology. Washington, DC: American Psychological Association, 2003. p. 37-47.

BIESBROCK, A. R., REDDY, M. S. & M. J. LEVINE. Inter-action of a salivary mucin-secretory immunoglobulin A complex with mucosal pathogens. *Infection and Immunity*. 59 (10), p. 3492-3497, 1991.

BLOCH, I. *Odoratus Sexualis*. Nova York: Panurge Press, 1934.

BLUE, A. *On Kissing: Travels in an Intimate Landscape*. Nova York: Kodansha International, 1997.

BRAND, G., & MILLOT, J.-L. Sex-differences in human olfaction: Between evidence and enigma. *Quarterly Journal of Experimental Psychology B*. 54 (3), p. 259-270, 2001.

BREWIS, J., & S. LINSTEAD. *Sex, Work and Sex Work: Eroticizing Organization*. Nova York: Routledge, 2000.

BRODY, B. The sexual significance of the axillae. *Psychiatry*. 38, p. 278-289, 1975.

BROWN, R. Sexual arousal, the Coolidge effect and dominance in the rat (Rattus norvegicus). *Animal Behaviour*. 22 (3), 1974.

BULLIVANT, S. B.; SELLERGREN, S. A.; STERN, K.; SPENCER, N. A.; JACOB, S.; MENNELLA, J. A. & MCCLINTOCK, M. K. Women's sexual experience during the menstrual cycle: Identification of the sexual phase by noninvasive measurement of luteinizing hormone. *Journal of Sex Research*. 41, 82-93, 2004.

BUSS, D. *The Evolution of Desire: Strategies of Human Mating*. Nova York: Basic Books, 2003.

BUSS, D. M. Strategies of human mating. *Psychological Topics*. 15, p. 239-260, 2006.

BUSS, D. M.; LARSEN, R.; SEMMELROTH, J. & WESTEN, D. Sex differences in jealousy: Evolution, physiology, and psychology. *Psychological Science*. 3, p. 251-255, 1992.

BIBLIOGRAFIA

Buss, D. M., & Shackelford, T. K. From vigilance to violence: Mate retention tactics in married couples. *Journal of Personality and Social Psychology.* 72, p. 346-361, 1997.

Carpenter, J.; Davis, J.; Erwin-Stewart, N.; Lee, T.; Bransford, J. & Vye, N. Gender representation in humanoid robots for domestic use. *International Journal of Social Robotics.* 1(3), 2009.

Changizi, M. A., Zhang, Q. & Shimojo, S. Bare skin, blood, and the evolution of primate colour vision. *Biology Letters.* 2, p. 217-221, 2006.

Chayavichitsilp, P.; Buckwalter, J. V.; Krakowski, A. C. & Friedlander, F. Herpes simplex. *Pediatrics in Review.* 30, p. 119-130, 2009.

Coan, J. A.; Schaefer, H. S. & Davidson, R. J. Lending a hand: Social regulation of the neural response to threat. *Psychological Science.* 17 (12), p. 1032-1039, 2006.

Cogan, G.; Yoshida, K.; Kirshenbaum, S. & D. Poeppel. Towards a taxonomy of kissing: MEG responses to complex visual scenes of osculatory behavior. Inédito.

Corsini, R. *The Dictionary of Psychology.* Nova York: Routledge, 1999.

Coryell, J. F. & Michel, G. F. How supine postural preferences of infants can contribute toward the development of handedness. *Infant Behaviour and Development.* 1, p. 245-257, 1978.

Crawley. E. *Studies of Savages and Sex.* Ed. T. Besterman. Whitefish: Kessinger Publishing, 2006.

Cunningham, M. R.; Roberts, A. R.; Barbee, A. P.; Druen, P. B. & Wu, C. Their ideas of beauty are, on the whole, the same as ours: Consistency and variability in the crosscultural perception of female physical attraction. *Journal of Personality and Social Psychology.* 68, p. 261-279, 1995.

Bibliografia

Darwin, C. *The Expression of the Emotions in Man and Animals*. Chicago: University of Chicago Press, 1872.

De Waal, F. B. *Chimpanzee Politics: Power and Sex Among Apes*. Nova York: Harper and Row, 1982.

_____. *Peacemaking Among Primates*. Cambridge: Harvard University Press, 1990.

_____. *Bonobo: The Forgotten Ape*. Berkeley: University of California Press, 1997.

_____. Primates: A natural heritage of conflict resolution. *Science*. 289, p. 586-590, 2000.

Dirks, T. M Best and Most Memorable Film Kisses of All Time in Cinematic History. American Movie Classics Filmsite. s.d. Disponível em: http://www.filmsite.org/filmkisses.html.

Dixson, A. F. Observations on the evolution and behavioral significance of "sexual skin" in female primates. *Advances in the Study of Behavior*. 13, p. 63-106, 1983.

Dixson, A. *Primate Sexuality: Comparative Studies of the Prosimians, Monkeys, Apes, and Human Beings*. Nova York: Oxford University Press, 1998.

Donaldson, Z. R. & L. J. Young. Oxytocin, vasopressin, and the neurogenetics of sociology. *Science*. 322, p. 900-904, 2008.

Doty, R. L. *Mammalian Olfaction, Reproductive Processes, and Behavior*. Nova York: Academic Press, 1976.

Doty, R. L.; Shaman, P.; Applebaum, S. L.; Giberson, R.; Siksorski, L. & Rosenberg, L. Smell identification ability: Changes with age. *Science*. 226, p. 1441-1443, 1984.

Doty, R. L.; Ford, M.; Preti, G. & Huggins, G. R. Changes in the intensity and pleasantness of human vaginal odors during the menstrual cycle. *Science*. 190, p. 1316-1317, 1975.

Dubuc, C. Brent,; L. J. N.; Accamando, A. K.; Gerald, M. S.; Maclarnon, A.; Semple, S.; Heistermann, M. &

ENGELHARDT, A. Sexual skin color contains information about the timing of the fertile phase in free-ranging *Macaca mulatta*. *Journal of Primatology*. 30, p. 777-789, 2009.

DURHAM, T. M.; MALLOT, T. & HODGES, E. D. Halitosis: Knowing when "bad breath" signals systemic disease. *Geriatrics* I, 48, p. 55-59, 1993.

DWYER, K. *Kiss and Tell: A Trivial Study of Smooching*. Filadélfia: Quirk Books, 2005.

EIBL-EIBESFELDT, I. *Love and Hate: On the Natural History of Behavior Patterns*. Londres: Methuen, 1970.

_____. Patterns of Greeting in New Guinea. Em Wurm S. A. (ed.). *New Guinea Area Languages and Language Study*. vol. 3. Canberra: Australian National University, 1977. p. 209-247.

EIMER, M. Effects of face inversion on the structural encoding and recognition of faces: Evidence from event-related brain potentials. *Cognitive Brain Research*. 10 (1-2), p. 145-158, 2000.

EKMAN, P. Facial expression and Emotion. *American Psychologist*. 48, p. 384-392, 1993.

ELDER, J. An 'Eskimo kiss' is a kunik, and maybe not what you think. *South Coast Today*. 2005. Disponível em: http://archive.southcoasttoday.com/daily/02-05/02-16-05/b06li596.htm.

ELLIS, H. *Studies in the Psychology of Sex*. Nova York: Random House, 1936.

ENFEILD, J. *Kiss and Tell: An Intimate History of Kissing*. Nova York: Harper Collins, 2004.

ENGERT, F. B., & BONHOEFFER, T. Dendritic spine changes associated with hippocampal long-term synaptic plasticity. *Nature*. 399, p. 66-70, 1999.

ETCOFF, N. *Survival of the Prettiest: The Science of Beauty.* Nova York: Doubleday, 1999.

FERRARI, P. F.; GALLESE, V.; RIZZOLATTI, G. & FOGASSI, L. Mirror neurons responding to the observation of ingestive and communicative mouth actions in the monkey ventral premotor cortex. *European Journal of Neuroscience.* 17, p. 1703-1714, 2003.

FISHER, H. E., *Anatomy of Love: A Natural History of Monogamy, Adultery, and Divorce.* Nova York: Norton, 1992

_____. *Anatomy of Love: A Natural History of Mating, Marriage, and Why We Stray.* Nova York: Ballantine, 1994.

_____. Lust, attraction, and attachment in mammalian reproduction. *Human Nature.* 9, p. 23-52, 1998.

FISHER, H. E.; ARON, A.; MASHEK, D.; STRONG, G.; LI, H. & BROWN, L. L. Defining the brain systems of lust, roman-tic attraction and attachment. *Archives of Sexual Behavior.* 31, p. 413-419, 2002.

FOER, J. The kiss of life. *New York Times.* 14 fev. 2006.

FORD, C. S. & BEACH, F. A. *Patterns of Sexual Behavior.* Nova York: Harper and Row, 1951.

FOUTS, R., & MILLS, S. T. *Next of Kin.* Nova York: Harper Paperbacks, 1998.

FREUD, S. *Three Essays on the Theory of Sexuality.* Trad. James Strachey. Nova York: Basic Books, 1962.

FULLAGAR, R. Kiss me. *Nature Australia.* 27, p. 74-75, 2003.

GANAPATI, P. Humanoid robots share their first kiss. Wired Gadget Lab. 26 ago. 2009. Disponível em: http://www.wired.com/gadgetlab/2009/08/humanoid-robots-kiss/.

GANGESTAD, S. W.; THORNHILL, R. & GARVER, C. Changes in women's sexual interests and their partners' mate retention tactics across the menstrual cycle: Evidence for shifting conflicts of interest. *Proceedings of the Royal Society B: Biological Sciences.* 269, p. 975-982, 2002.

_____. Adaptations to ovulation. Em BUSS, D. M. (ed.). *The Handbook of Evolutionary Psychology.* Hoboken: Wiley, 2005. p. 344-371.

GARCIA-VELASC, J. & MONDRAGON, M. The incidence of the vomeronasal organ in 1000 human subjects and its possible clinical significance. *Journal of Steroid Biochemistry and Molecular Biology.* 39 (4), 1991.

GARVER-APGAR, C. E.; GANGESTAD, S. W.; THORNHILL, R.; MILLER, R. D. & OLP, J. J. Major histocompatibility complex alleles, sexual responsivity, and unfaithfulness in roman-tic couples. *Psychological Science.* 17 (10), p. 830-835, 2006.

GEER, J., J. HEIMAN, & LEITENBERG, H. *Human Sexuality.* Englewood Cliffs: Prentice Hall, 1984.

GIANNINI, A. J.; COLAPIETRO, G.; SLABY, A. E.; MELEMIS, S. M. & BOWMAN, R. K. Sexualization of the female foot as a response to sexually transmitted epidemies: A preliminary study. *Psychological Reports.* 83 (2), p. 491-498, 1998.

GILAD, Y.; WIEBE, V.; PRZEWORSKI, M.; LANCET, D. & PÄÄBO, S. Loss of olfactory receptor genes coincides with the acquisition of full trichromatic vision in primates. *Public Library of Science: Biology.* 2, 2004.

GOODALL, J. *Through a Window: My Thirty Years with the Chimpanzees of Gombe.* Nova York: Mariner, 2000.

GOODCHILDS, J. D. & ZELLMAN, G. L. Sexual signaling and sexual aggression in adolescent relationships. Em Malamuth, N. & Donnerstein, E. (eds.). *Pornography and Sexual Aggression.* Orlando: Academic Press. p. 233-243. 1984

GOWER, D. B. & RUPARELIA, B. A. Olfaction in humans with special reference to odours 16-androstenes: Their occurrence, perception and possible social, and sexual impact. *Journal of Endocrinology.* 137, p. 167-187, 1993.

GRAMMER, K. 5-a-androst-16en-3-a-on: a male pheromone? *A brief report.* Ethology and Sociobiology. 14, p. 201-208, 1993.

GRAY, J. *Men Are from Mars, Women Are from Venus: A Practical Guide for Improving Communication and Getting What You Want in Your Relationships.* Nova York: Harper Collins, 1993.

GRIGGS, B. Inventor unveils $7,000 talking sex robot. CNN. 1 fev. 2010.

GULLEDGE, A. K.; GULLEDGE, M. H. & STAHMANN, R. F. Romantic physical affection types and relationship satisfaction. *American Journal of Family Therapy.* 31, p. 233-242, 2003.

GÜNTÜRKÜN, O. Human behaviour: Adult persistence of head-turning asymmetry. *Nature.* 421 (6924), 2003.

HALLETT, R.; HAAPANEN, L. A. & TEUBER, S. S. Food allergies and kissing. *New England Journal of Medicine.* 346, p. 1833-1834, 2002.

HAMANN, S.; HERMAN, R.; NOLAN, C. & WALLEN. K. Men and women differ in amygdala response to visual sexual stimuli. *Nature Neuroscience.* 7, p. 411-416, 2004.

HAMER, D. Genetics of sexual behavior. In Benjamin, J.; Ebstein, R. & Belmaker, R. (eds.). *Molecular Genetics and the Human Personality.* Washington, DC: American Psychiatric Publishing, 2002. p. 257-273.

HARMETZ, A. A rule on kissing scenes and AIDS. *New York Times.* 31 out. 1985.

HARVEY, K. *The Kiss in History.* Manchester: Manchester University Press, 2005.

HASELTON, M. G. & GANGESTAD, S. W. Conditional expression of women's desires and men's mate guarding across the ovulatory cycle. *Hormones and Behavior.* 49, p. 509-518, 2006.

HASELTON, M. G.; MORTEZAIE, M.; PILLSWORTH, E. G.; BLESKE-RECHECK, A. E. & FREDERICK, D. A. Ovulation and human female ornamentation: Near ovulation, women dress to impress. *Hormones and Behavior.* 51, p. 40-45, 2007.

HATFIELD, E., & SPRECHER, S. Measuring passionate love in intimate relationships. Journal of Adolescence. 9, p. 383-410, 1986.

HAWLEY, R. "Give me a thousand kisses": The kiss, identity, and power in Greek and Roman antiquity. *Leeds International Classical Studies.* 6, 2007.

HITSCH, G. J.; HORTAÇSU, A. & ARIELY, D. What makes you click? Mate preferences and matching outcomes in online dating. MIT Sloan Research Paper n. 4603-06, 2006.

HOLD, B. & SCHLEIDT, M. The importance of human odour in non-verbal communication. *Zeitschrift für Tierpsychologie.* 43 (3), p. 225-238, 1977.

HOPKINS, E. W. The sniff-kiss in ancient India. *Journal of the American Oriental Society.* 28, p. 120-134, 1907.

HOSHI, K.; YAMANO, Y.; MITSUNAGA, A.; SHIMIZU, S.; KAGAWA, J. & OGIUCHI, H. Gastrointestinal diseases and halitosis: Association of gastric Helicobacter pylori infection. *International Dental Journal.* 52, p. 207-211, 2002.

HOUSE, J. S.; LANDIS, K. R. & UMBERSON, D. Social relationships and health. *Science.* 241, p. 540-545, 1988.

HOWARD, C. J. *Dolphin Chronicles.* Nova York: Bantam, 1995.

HUGHES, S. M.; HARRISON, M. A. & GALLUP JR., G. G. Sex differences in romantic kissing among college students:

An evolutionary perspective. *Evolutionary Psychology.* 5 (3), p. 612-631, 2007.

JANKOWIAK, W. R. & FISCHER, E. F. A cross-cultural perspective on romantic love. *Ethnology.* 31, p. 149-155, 1992.

JOHNSTON, V. S. & M. FRANKLIN. Is beauty in the eye of the beholder? *Ethology and Sociobiology.* 14 (3), p. 183-199, 1993.

JONES, D. *Physical Attractiveness and the Theory of Sexual Selection.* Ann Arbor: Museum of Anthropology, University of Michigan, 1996.

JONES, S.; MARTIN, R. & PILBEAM, D. *The Cambridge Encyclopedia of Human Evolution.* Nova York: Cambridge University Press, 1992.

KELL, C. A.; VON KRIEGSTEIN, K.; RÖSLER, A.; KLEINSCHMIDT, A. & LAUFS, H. The sensory cortical representation of the human penis: Revisiting somatotopy in the male homunculus. *The Journal of Neuroscience.* 25 (25), p. 5984-5987, 2005.

KIELL, N. *Varieties of Sexual Experience.* Nova York: International Universities Press, 1976.

KINSEY, A. C.; POMEROY, W. B. & MARTIN, C. E. *Sexual Behavior in the Human Male.* Filadélfia: W. B. Saunders, 1948.

KINSEY, A. C.; POMEROY, W. B.; MARTIN, C. E. & GEBHARD, P. H. *Sexual Behavior in the Human Female.* Filadélfia: W. B. Saunders, 1953.

KIRK-SMITH, M. D. & BOOTH, D. A. Effect of androstenone on choice of location in others' presence. In Van Der Starre, H. (ed.). *Olfaction and Taste VII.* Londres: IRL Press, 1980.

KIRSHENBAUM, S. K*I*S*S*I*N*G. *New Scientist.* 2695, 2009.

KLEIN, S. *The Science of Happiness: How Our Brains Make Us Happy – And What We Can Do to Get Happier.* Trad. Stephen Lehmann. NovaYork: Marlowe and Company, 2006.

KLUGER, J. The science of romance: Why we love. *Time.* 17 jan. 2008.

KOELEGA, H. S. Extraversion, sex, arousal and olfactory sensitivity. *Acta Psychologica.* 34, p. 51-66, 1970.

KOELEGA, H. S. & KÖSTER, E. P. Some experiments on sex differences in odor perception. *Annals of the New York Academy of Sciences.* 237, 234-246, 1974.

KOSS, M. Hidden rape: Sexual aggression and victimization in a national sample in higher education. Em Burgess, A. W. (ed.). *Rape and Sexual Assault.* Nova York: Garland, 1988. p. 3-25.

LANDER, A. Will SA law steal teens' kisses? BBC News. 9 jan. 2008.

LASKA, M.; SEIBT, A. & WEBER, A. "Microsmatic" primates revisited: Olfactory sensitivity in the squirrel monkey. *Chemical Senses.* 25, p. 47-53, 2000.

LATEINER, D. *Sardonic Smile: Nonverbal Behavior in Homeric Epic.* Ann Arbor: University of Michigan Press, 1995.

_____. Greek and Roman kissing: Occasions, protocols, methods, and mistakes. *Amphora.* 8 (1), 2009.

LAYCOCK, T. *A Treatise on the Nervous Diseases of Women.* Londres: Longman, 1840.

LAZARIDIS, N. Sigmund Freud's oral cancer. *British Journal of Oral and Maxillofacial Surgery.* 41 (2), p. 78-83, 2003.

LIEBERMAN, P. *Uniquely Human.* Cambridge: Harvard University Press, 1993.

LIGGETT, J. *The Human Face.* Nova York: Stein and Day, 1974.

LIGHT K. C; GREWEN, K. M. & AMICO, J. A. More frequent partner hugs and higher oxytocin leveis are linked to lower blood pressure and heart rate in premenopausal women. *Biological Psychology.* 69, p. 5-21, 2005.

LORENZ, K. *On aggression.* Londres: Methuen, 1966.

Bibliografia

LOUNASMAA, O. V.; HÄMÄLÄINEN, M.; HARI, R. & SALMELIN, R. Information processing in the human brain: Magnetoencephalographic approach. *Proceedings of the National Academy of Sciences of the United States of America.* 93 (17), p. 8809-8815, 1996.

LOWENSTEIN, L. F. Fetishes and their associated behavior. *Sexuality and Disability.* 20 (2), 2002.

MAJOR, J. R. "Bastard feudalism" and the kiss: Changing social mores in late medieval and early modern France. *Journal of Interdisciplinary History.* 17 (3), p. 509-535, 1987.

MALINOWSKI, B. *Sex and Repression in Savage Society.* Nova York: World, 1965.

MARAZZITI, D. & CANALE, D. Hormonal changes when falling in love. *Psychoneuroendocrinology* 29: 931-936, 2004.

MARAZZITI, D.; AKISKAL, H. S.; ROSSI, A. & CASSANO, G. B. Alteration of the platelet serotonin transporter in romantic love. *Psychological Medicine.* 29, p. 741-745. 1999.

MARSHALL, D. Sexual behavior on Mangaia. Em Marshall, D. & Suggs, R. (eds.). *Human Sexual Behavior.* Nova York: Basic Books, 1971.

MCCABE, M. P. & COLLINS, J. K. Measurement of depth of desired and experienced sexual involvement at different stages of dating. *Journal of Sex Research.* 20, p. 337-390, 1984.

MCCANN, A. & BONCI, L. Maintaining women's oral health. *Dental Clinical North America.* 45, p. 571-601, 2001.

MCCLINTOCK, M. K. Menstrual synchrony and suppression. *Nature.* 229, p. 244-245, 1971.

_____. Estrous synchrony: Modulation of ovarian cycle length by female pheromones. *Physiology and Behavior.* 32, p. 701-705, 1984.

MEISENHEIMER, J. Geschlecht und Geschlechter im Tierreich. vol. 1: Die naturlichen Beziehungen. Jena: Fisher, 1921.

MEREDITH, M. Human vermonasal organ function: A critical review of best and worst cases. *Chemical Senses.* 26, p. 433-445, 2001.

MESTON, C. M. Sympathetic nervous system activity and female sexual arousal. *American Journal of Cardiology.* 86, p. 30F-34F, 2000.

MESTON, C. M., and B. B. Gorzalka. (1996) Differential effects of sympathetic activation on sexual arousal in sexually dysfunctional and functional women. *Journal of Abnormal Psychology.* 105, 582-591.

MEYER III, W. J.; FINKELSTEIN, J. W.; STUART, C. A.; WEBB, A.; SMITH, E. R.; PAYER, A. F. & WALKER, P. A. Physical and hormonal evaluation of transsexual patients during hormonal therapy. *Archives of Sexual Behavior.* 10 (4), 1981.

MICHAEL, R. P.; BONSALL, R. W. & KUTNER, M. Volatile fatty acids, "copulines", in human vaginal secretions. *Psychoneuroendocrinology.* 1, p. 153-163, 1995.

MILLER, G.; Tybur, J. M. & Jordan, B. D. Ovulatory cycle effects on tip earnings by lap dancers: Economic evidence for human estrus? *Evolution and Human Behavior.* 28 (6), p. 375-381, 2007.

MITCHELL, M. *Gone with the Wind.* Nova York: Macmillan, 1936.

MOLLON, J. D. "Tho she kneel'd in that place where they grew..." – the uses and origin of primate colour vision. *The Journal of Experimental Biology.* 146, p. 21-38, 1989.

MONTAGNA. W. & PARAKKAL, P. F. *The Structure and Function of Skin.* Nova York: Academic Press, 1974.

MONTI-BLOCH, L., & GROSSER, B. I. Effect of putative pheromones on the electrical activity of the human vomeronasal organ and olfactory epithelium. *The Journal of Steroid Biochemistry and Molecular Biology.* 39 (48), p. 573-582, 1991.

Morris, D. *The Naked Ape: A Zoologists Study of the Human Animal.* Nova York: Bantam, 1967.

———. *Intimate Behavior.* Nova York: Kodansha Globe, 1997.

———. *The Naked Woman: A Study of the Female Body.* Nova York: Thomas Dunne Books, 2005.

Morrow, L. Changing the signals of passion. *Time*, 21 jun. 2005.

Morse, D. The stressful kiss: A biopsychosocial evaluation of the origins, evolution, and societal significance of vampirism. *Stress and Health.* 9 (3), p. 181-199, 2006.

Münte, T. F.; Wieringa, B. M.; Weyerts, H.; Szentkuti, A.; Matzke, M. & Johannes, S. Differences in brain potentials to open and closed class words: Class and frequency effects. *Neuropsychologia.* 39 (1), p. 91-102, 2001.

Nakamura, A., T. Yamada, A. Goto, T. Kato, K. Ito, Y. Abe, T. Kachi, And R. Kakigi. Somatosensory homunculus as drawn by MEG. *Neuroimage*, 7(4), p. 377-386, 1998.

Nguyen, B. T.; Tran, T. D.; Hoshiyama, M.; Inui, K. & Kakigi, R. Face representation in the human primary somatosensory cortex. *Neuroscience Research.* 50 (2), p. 227-232, 2004.

Nicholson. B. Does kissing aid human bonding by semiochemical addiction? *British Journal of Dermatology.* 111(5), p. 623-627, 1984.

Nunn, C. The evolution of exaggerated sexual swellings in primates and the graded signal hypothesis. *Animal Behaviour.* 58, p. 229-246, 1999.

Nyrop, C. *The Kiss and Its History* (1901) Translated by W. F. Harvey. Whitefish, MT: Kessinger Publishing, 2009.

BIBLIOGRAFIA

OCKLENBURG, S., AND GÜNTÜRKÜN, O. Head-turning asymmetries during kissing and their association with lateral preference. Laterality: *Asymmetries of Body, Brain and Cognition*. 14(1), p. 79-85. 2009.

OSORIO, D., AND M. VOROBYEV. Colour vision as an adaptation to frugivory in primates. *Proc R Soe Lond B Biol Sci*. 263, p. 593-599. 1996.

PAGE, J. Father, 90, shows off new baby – and wants more. Times Online. 22 ago. 2007. Dsponível em: http://www.timesonline.co.uk/tol/news/world/asia/article2302545.ece.

PAGET, L. Kiss Your Way to Better Sex. Village. s.d. Disponível em: http://love.ivillage.com/lnssex/sexkissing o,,nvv6-4,00.html.

PALLINGSTON, J. Lipstick: *A Celebration of the World's Favorite Cosmetic*. Londres: St. Martins Press, 1998.

PANATI, C. *Sexy Origins and Intimate Things: The Rites and Rituais of Straights, Gays, Bis, Drags, Trans, Virgins, and Others*. Nova York: Penguin, 1998.

PAUSE, B. M. Are androgen steroids acting as pheromones in humans? *Physiology and Behavior*. 83, p. 21-29, 2004.

PAUSE, B. M.; SOJKA, B.; KRAUEL, K.; FEHM-WOLFSDORF, G. & FERSTL, R. Olfactory information processing during the course of the menstrual cycle. *Biological Psychology*. 44, p. 31-54, 1996.

PEDERSEN, C. A.; ASCHER, J. A.; MONROE, Y. L. & PRANGE JR., A. J. Oxytocin induces maternal behaviour in virginal female rats. *Science*. 216, p. 648-650, 1982.

PERRETT, D. I.; MAY, K. A. & YOSHIKAWA, S. Facial shape and judgments of female attractiveness. *Nature*. 368, p. 239-242, 1994.

PFAUS, J. G., T. E. KIPPIN, AND G. CORIA-AVILA. What can animal models tell us about human sexual response? *Annual Review of Sex Research*. 14, p. 1-63, 2003.

PILLSWORTH, E. G.; HASELTON, M. G. & BUSS, D. M. Ovulatory shifts in female sexual desire. *Journal of Sex Research*. 41, p. 55-65, 2004.

POLYAK, S. L. *The Vertebrate Visual System*. Chicago: University of Chicago Press, 1957.

PORTER, R. H. Olfaction and human kin recognition. *Genetica*. 104, 259-263, 1999.

RADBILL, S. X. Infant feeding through the ages. *Clinical Pediatrics*. 20 (10), p. 613-621, 1981.

RAMACHANDRAN, V. S. & HIRSTEIN, W. The perception of phantom limbs: The D. O. Hebb lecture. *Brain*. 121, p. 1603-1630, 1998.

READE, W. *The Martyrdom of Man*. Whitefish: Kessinger Publishing, 1923.

REED, J.; BOHANNON, J.; GOODING, G. & STEHMAN, A. Kiss and tell: Affect and retellings of first kisses and first meetings. Apresentado a APS, Miami, 2000.

REGAN, B. C.; JULLIOT, C.; SIMMEN, B.; VIÉNOT, F.; CHARLES-DOMINIQUE, P. & MOLLON, J. D. Frugivory and colour vision in Alouatta seniculus, a trichromatic platyrrhine monkey. *Vision Research*. 38, p. 3321-3327, 1998.

RIKOWSKI, A. & GRAMMER, K. Human body odour, symmetry and attractiveness. *Proceedings of the Royal Society B: Biological Sciences*. 266, p. 869-874, 1999.

RIZZOLATTI, G.; FOGASSI, L. & GALLESE, V. Cortical mechanisms subserving object grasping and action recognition: a new view on the cortical motor function. Em Gazzaniga, M. S. (ed.). *The New Cognitive Neurosciences*. 2nd ed. Cambridge: MIT Press, 2000. p. 539-552.

ROUQUIER, S.; BLANCHER, A. & GIORGI, D. The olfactory receptor gene repertoire in primates and mouse: Evidence for reduction of the functional fraction in primates. Proceedings of the National Academy of Sciences of the United States of America. 97, p. 2870-2874, 2003.

ST. JOHNSTON, A. Camping Among Cannibals. [S.l.]: Macmillan, 1883.

SCHAAL, B. & PORTER, R. H. "Microsmatic humans" revisited: The generation and perception of chemical signals. Advances in the study of behavior. 20, p. 135-199, 1991.

SERVICE, R. Breathalyzer device sniffs for disease. *Science*. 281, p. 1431, 1998.

SETCHELL, J. M. Do females mandrills prefer brightly colored males? International Journal of Primatology. 26, p. 715-735, 2005.

SETCHELL, J. M. & DIXSON, A. F. Changes in the secondary sexual adornments of male mandrills (Mandrillus sphinx) are associated with gain and loss of alpha status. Hormones and Behavior. 39, p. 177-184, 2001.

SHEPHERD, G. M. The human sense of smell: Are we better than we think? *Public Library of Science: Biology*. 2 (5), 2004.

SINGH, D. & BRONSTAD, P. M. Female body odour is a potential cue to ovulation. Proceedings of the Royal Society B: Biological Sciences. 268, p. 797-801, 2001.

SKIPPER, J.; GOLDIN-MEADOW, S.; NUSBAUM, H. & S. SMALL. Small gestures orchestrate brain networks for language understanding. Current Biology. 19 (8), p. 661-667, 2009.

STEIN, M. L. *Lovers, Friends, Slaves...: The Nine Male Sexual Types, Their Psycho-Sexual Transactions with Call Girls*. Nova York: Berkley, 1974.

STEPHEN, I. D.; SMITH, M. J. L.; STIRRAT, M. R. & PERRETT, D. I. Facial coloration affects perceived health of human faces. *Int J of Primatology*. 30, 845-857, 2009.

STEPHENS, T. C. The feeding of nestling birds. *Journal of Animal Behavior*. 7 (4), 1917.

STODDART, D. M. The human axillary organ: an evolutionary puzzle. *Human Evolution*. 13(2), 1998.

_____. *The Scented Ape: The Biology and Culture of Human Odour*. Cambridge: Cambridge University Press, 1990.

STROVNY, D. The orgasmic French kiss. *Mens Health*. s.d. http://www.askmen.com/dating/lovetip/35b_love_tip.html.

SWIFT, J. & SCOTT, T. *The Prose Works of Jonathan* Swift. vol. 11: *Literary Essays*. Whitefish: Kessinger Publishing, 2009.

SYMONS, D. *The Evolution of Human Sexuality*. Nova York: Oxford University Press, 1979.

TANIKAWA, M. Japan's young couples discover the kiss. *New York Times*. 28 maio 1995.

TENNOV, D. Love and Limerence: *The Experience of Being in Love in New York*. Nova York: Stein and Day, 1979.

THORNHILL, R. & GRAMMER, K. The body and face of woman: One ornament that signals quality? *Evolution and Human Behavior*. 20 (2), p. 105-120, 1999.

THORNHILL, R.; GANGESTAD, S. W.; MILLER, R.; SCHEYD, G.; MCCOLLOUGH, J. K. & FRANKLIN, M. Major histocompatibility complex genes, symmetry, and body scent attractiveness in men and women. *Behavioral Ecology*. 14 (5), p. 668-678, 2003.

TIERNO JR., P. M. *The Secret Life of Germs: What They Are, Why We Need Them, and How We Can Protect Ourselves Against Them*. Nova York: Atria, 2004.

TINBERGEN N. *The Herring Gull's World*. Londres: Collins, 1953.

_____. On aims and methods of ethology. *Zeitschrift für Tierpsychologie.* 20 (4), p. 410-433, 1963.

TONZETICH, J.; PRETI, G. & HUGGINS, G. Changes in concentration of volatile sulfur compounds of mouth air during the menstrual cycle. *Journal of International Medical Research.* 6, p. 245-256, 1978.

TOURNIER, M. *The Mirror of Ideas.* Trad. J. Krell. Lincoln: University of Nebraska Press, 1998.

TRIVERS, R. Paternal investment and sexual selection. In Campbell, B. (ed.) *Sexual Selection and the Descent of Man.* Nova York: Aldine de Gruyter, 1972. p. 136-179.

TUCKER, R. K.; MARVIN, M. G. & VIVIAN, B. What constitutes a romantic act? An empirical study. *Psychological Reports.* 69, p. 651-654, 1991.

TULLY, J.; VINER, R. M.; COEN, P. G.; STUART, J. M.; ZAMBON, M.; PECKHAM, C.; BOOTH, C.; KLEIN, N.; KACZMARSKI, E. & BOOY, R. Risk and protective factors for meningococcal disease in adolescents: Matched cohort study. *British Medical Journal.* 332 (7539), p. 445, 2006.

TURNBULL, O. H.; STEIN, L. & LUCAS, M. D. Lateral preferences in adult embracing: A test of the "hemispheric asymmetry" theory of infant cradling. *Journal of Genetic Psychology.* 156 (1), 17-21, 1995.

VAN PETTEN, C. & KUTAS, M. Interactions between sentence context and word frequency in event-related brain potentials. *Memory and Cognition.* 18 (4), 380-393, 1990.

VAN TOLLER, S. & DODD, G. H. Fragrance: *The psychology and biology of perfume.* [S.l.]: Springer, 1993.

VERVERS, I. A. P.; DE VRIES, J. I. P.; VAN GEIJN, H. P. & HOPKINS, B. Prenatal head position from 12-38 weeks. I. Develop-mental aspects. *Early Human Development.* 39, p. 83-91, 1994.

Vuilleumier, P. & Pourtois, G. Distributed and interactive brain mechanisms during emotion face perception: Evidence from functional neuroimaging. *Neuropsychologia*. 45 (1), p. 174-194, 2007.

Wagatsuma, E. & Kleinke, C. L. Ratings of facial beauty by Asian-American and Caucasian females. *Journal of Social Psychology*. 109, p. 299-300, 1979.

Walter, C. Affairs of the lips: Why we kiss. *Scientific American*. fev. 2008.

Wedekind, C., T. Seebeck, F. Bettens, And A. Paepke. MHC-dependent mate preferences in humans. *Proceedings of the Royal Society B: Biological Sciences*. 260, p. 245-249, 1995.

William, C. Kissing. *New Scientist*. 2720, 2009.

Woods, V. *Bonobo Handshake*. Nova York: Gotham, 2010.

Wrangham, R. & Conklin-Brittain, N. Cooking as a biological trait. *Comparative biochemistry and physiology: Part A, Molecular & integrative physiology*. 136, p. 35-46, 2003.

Yanoviak, S. P.; Kaspari, M.; Dudley, R. & Poinar Jr., G. Parasite-induced fruit mimicry in a tropical canopy ant. *American Naturalist*. 171, p. 536-544, 2008.

Zahavi, A., & Zahavi, A. *The Handicap Principle: A Missing Piece of Darwin's Puzzle*. Nova York: Oxford University Press, 1997.

Índice Remissivo

Nota: Os números de páginas em itálico se referem às ilustrações.

A

acordos comerciais, 73
adrenalina, 106, 109
África, 79, 80, 81, 132
África do Sul, 82, 88
Albany, pesquisa social, 117-118, 121, 208, 211
alce, 52
Alemanha, 74, 75, 87, 98-99, 175
alérgenos, 173-174
Alexandre, o Grande, 67
alfa-amilase, 159
amamentação
  e os comportamentos "parecidos com beijo", 37-39, 41, 228
  e os hormônios, 45
  e a inclinação da cabeça, 99-100
  e a influência sobre o beijo nos relacionamentos, 153, 231
  e o olfato, 41
  e a oxitocina, 156
amendoim, 173
amor romântico
  e os anúncios, 221-222
  e a antecipação, 233-234
  e o Complexo Principal de Histocompatibilidade (MHC) 135, 137
  e a dopamina, 230
  como fenômeno cultural, 83, 87-88, 231
  e a fertilidade das mulheres, 141
  e a motivação para o beijo, 230
  e as origens do beijo, 41, 44
  e o primeiro beijo, 109-110, 129-130
  e a realidade virtual, 218
  e a reprodução, 228

ÍNDICE REMISSIVO

e a resposta do corpo ao beijo, 97, 98, 152-153, 157-159
e o sentido do olfato, 210-211
Ver também os beijos nos relacionamentos
androstenodiona, 142
androstenona, 139, 141-142
animais
    e os comportamentos "parecidos com beijo", 23-24, 49-59, 203-204, 227-228
    e a pesquisa sobre o beijo, 203-205
    e saliva, 45, 139
    e a seleção do companheiro, 51-53, 56
    Ver também espécies específicas
antibióticos, 166, 168
Antigo Testamento, 65-66, 71
apego
    e o cortisol, 157
    e a história do beijo, 72-73
    e as origens do beijo, 44
    e a oxitocina, 156-157, 160
aperto de mão, 75, 80, 87, 175
Aristófanes, 67
Aron, Arthur, 98
atributos físicos, 134, 216-217
Austrália, 118, 133, 212
axilas, 132-133

B

Babilônia, 65, 71
Bactéria
    e o beijo, 163-165
    função da, 164-165
    na saliva, 165-168
Balcombe, Jonathan, 54
Bangladesh, 88
Barein, 88
Bassler, Bonnie, 164
batom, 35, 143, 232
beija-mão, 72, 75, 207-208, 222
beija-pé, 75-76
O Beijo (Rodin), 88
Beijo 4 (fotografia), 100
beijo apaixonado, 41, 80, 84, 101, 107, 160, 185
    Ver também beijo de boca aberta; beijo de língua
beijo da paz, 72-73
beijo de amizade, 158-59,
beijo de boca aberta, 27, 62-63, 78-79, 90, 125-26, 130, 140, 143-44
beijo de dinheiro, 72
beijo de língua, 84, 86, 89, 102, 106, 154-155, 212
beijo e beijar
    as definições de, 21-24
    as descobertas científicas sobre, 25-26
    e as lições sobre como beijar, 232-238

ÍNDICE REMISSIVO

o medo de, 174
e morder, 172
as normas de, 25, 61, 75,
86-89, 215
as origens do, 31-33, 41, 44,
227-228
o processo de aprendizagem do, 230-231
e os robôs, 219-220
os tipos de, 32, 41, 64-65,
69, 71-75, 185, 225
Ver também resposta do
corpo ao beijo; história do
beijo; lábios; motivação
para o beijo
beijo erótico, 185-189
beijo esquimó, 43
beijo francês, 86
Ver também beijo de língua
beijo homem-homem, 84, 87,
beijo homem-mulher, 158-60,
169, 170
beijo mulher-mulher, 186-187,
196-197
beijo na boca, 81-83, 149-150,
166, 231
beijo no rosto, 86
beijo nos relacionamentos
e os animais, 50-53, 226
e as atitudes ao longo
do tempo, 108, 208-210,
236-237
e o beijo na boca, 149-150

e os desacordos, 156
os efeitos do, 22, 25, 238
e os efeitos nas mudanças
dos namoros, 215-219
frequência do beijo,
237-238
e os hormônios, 149-161,
210, 211-212
e a infância, 37-39
e a magnetoencefalografia,
185-187
e o primeiro beijo, 129-130,
133
e a reprodução, 228-230
beijo oceânico, 41
beijo social, 41, 53, 74, 87, 89, 169
Belshaw, James, 91
Berlin, Brent, 33
Bíblia, 65-66, 71-72
Blarney Stone, 176
Bohannon, John, 110
bonobos, 13, 34, 49-51, 53,
203-205, 227
Brewis, Joanna, 149
Brody, Benjamin, 132
Bryant, Vaughn, 63, 86

C

cães, 54, 57
cães da pradaria, 52
Calígula, 75
Catão, 69
Catulo, 67-68

câncer cervical, 169
Centers for Disease Control and Prevention (CDC), 171, 173
cérebro e as origens do beijo, 44
Ver também neurociência
cerimônia do casamento, beijo da, 73
chimpanzés, 53
China, 88-89
cinema e a história do beijo, 83-85
Código de Produção de Filmes, 85
Collins, John, 118
Complexo Principal de Histocompatibilidade (MHC), 134-138, 210
comportamento "parecido com beijo"
    amamentação no peito como, 37-39, 41, 228
    base biológica para o, 58, 90-91, 227
    cheiradas como, 23, 31-32, 41-44, 54, 63, 81, 228
    comparação cultural de, 79-80, 231
    pré-mastigação como, 39, 41, 227, 231
    universalidade do, 24-25
comunicação não verbal, 205-206, 216
contrato, 73

Coolidge, Calvin, 127
Coolidge, Grace, 127
copulinas, 142
cor vermelha, 32-36, 228
córtex cerebral, 106
córtex somatossensorial, 102
cortisol, 150, 155, 157-160, 175-76, 204-205, 230, 234, 235
Cowper, William, 138
Crawley, Alfred E., 81
cristianismo, 71, 72, 73-74, 75-76
Cunningham, Michael, 36

D

Darwin, Charles, 22-25, 42
demonstrações públicas de afeto, 86-88
dentes
    e os aparelhos ortodônticos, 171-172
    e as cáries, 165-166
    os cuidados com os, 232-233
    e preferências femininas, 117, 174-175, 212
depressor do ângulo da boca, 101
depressor do lábio inferior, 101
desejo sexual
    e a antecipação, 228, 233-234
    e o efeito Coolidge, 126-127
    e os feromônios, 141
    e as origens do beijo, 44

Dickens, Charles, 51, 75-76, 83
DNA, 50, 97, 122, 123-124, 134-135, 144, 164
doenças
  o papel do beijo na disseminação de, 69, 74, 88, 163-164, 175
  Ver também saliva
dopamina
  e o desejo sexual, 232-233
  e motivação para o beijo, 230
  e novidade, 107, 108, 126, 156, 235
  e a oxitocina, 109
  e a resposta do corpo ao beijo, 106
  e uso de álcool e drogas, 111
druidas, 70-71

E

efeito Coolidge, 126-127
efeito frequência, 197
Egito, 35, 39, 67, 86
Eibl-Eibesfeldt, Irenäus, 133
Eisenstaedt, Alfred, 90
elefantes, 52
endorfinas, 106, 150
enterococo resistente à vancomicina, 168
epinefrina, 109, 174
Epstein, Pam, 221
Epstein-Barr vírus (EBV), 170-171
Erasmo de Roterdã, 74

espaço pessoal, 42, 132, 234
espécies de pássaros, 55-56
estafilococos, 168
estatísticas de divórcio, 124-125, 137, 210
estímulo oral, 40
estreptococos, 168
estresse, 109, 150, 157-159, 170, 204, 210, 230, 234
estro, 34, 45-46
estrogênio, 13, 150, 152, 209
estudos longitudinais, 208-209
estupro, 118
euforia, 107, 150
Europa, 68, 70, 75, 79, 81-83
experiência da camiseta suada 135-136

F

feromônios, 22, 139-144
ficar de mãos dadas, 65, 126, 158, 207-208, 204
Fiji, 42
filematofobia, 174
Finlândia, 80, 87
Fisher, Helen, 44, 82
foca-elefante, 54-55
fotografias, 66
França, 74, 86
Freud, Sigmund, 38-39

G

Gallup, Gordon, Jr., 121, 123, 193
gênero, 97, 116-121, 153-154, 158-159, 193, 198
  Ver também homens; mulheres
Gengis Khan, 122
gengivite, 232-233
Gerber, Daniel, 39
Gerber, Dorothy, 39
Gere, Richard, 87
Gidjingali, 133
girafas, 52
glândula pituitária, 106
glândulas apócrinas, 131-133
glândulas sebáceas, 131, 133
golfinhos, 55
Goodall, Jane, 53
gorilas, 59
Grande Praga, 74
Gray, John, 116
Grécia, 35, 66-67, 81
Güntürkün, Onur, 98-99, 100

H

hálito, 117, 131, 151-152, 232-233
Hamer, Dean, 108
Helicobacter pylori, 166-167
Hendley, Owen, 165
Heródoto, 66, 72
herpes genital, 169
herpes labial, 169-170
herpes simplex 1 (HSV-1), 169-170
herpes simplex 2 (HSV-2), 169
higiene, 131, 164-165
hipotálamo, 106
Hill, Wendy, 155, 157-161, 184, 193, 204
História do beijo
  e anúncios, 221-222
  e Babilônia, 65
  e a Bíblia, 65-66, 71-72
  e o cinema, 83-85
  e a condição social, 66-67, 72, 75-76
  e o cristianismo, 71-72, 73, 75-76
  e os gregos, 66-67
  e a Idade Média, 72-75
  e a Índia, 63-65, 87
  e a motivação para beijar, 31, 66-67
  e a popularidade do beijo, 215
  e a Revolução Industrial, 75
  e os romanos, 67-69
  e a tradição do visgo, 70-71
hiv, 88, 169, 171
homens
  e o Complexo Principal de Histocompatibilidade (MHC), 135-136, 137
  e os conselhos sobre como beijar, 115-116, 119

e a fertilidade feminina, 141, 145-146, 154
e o gene da "promiscuidade", 108
e o homúnculo sensorial, 103-104
os lábios como estímulo para os, 13-14, 197, 232-233
a percepção do estro pelos, 45-46
as preferências de beijos dos, 115-126, 153-156, 208-209, 211
e a resposta do corpo ao beijo, 158-159
e os robôs companheiros, 219-220
Homero, 66
homúnculo sensorial, 103-104
hormônios
e o beijo nos relacionamentos, 150, 153-161, 209-212
e o Complexo Principal de Histocompatibilidade, (MHC), 135-136
e os feromônios, 141-142
e as ligações sociais, 157, 161
em neurotransmissores comparado a, 150-152
e a resposta do corpo ao beijo, 106, 111, 154-160, 181-182, 204, 230, 232-238

Ver também hormônios específicos

I

Igreja Católica, 72, 73-74, 75-76
Ilhas Cook, 80
Ilhas Trobriand, 82
inato *versus* adquirido, 22-23, 25, 90, 226
Índia, 63-65, 87-88
interface cérebro-computador, 182
internet, 83, 115-116, 119, 186-187, 215-218
Itália, 87, 105

J

Japão, 88-89
Jogi, Nanu Ram, 122
Jolie, Angelina, 35

K

Kamasutra, 64-65, 87-88, 185
Karlson, Peter, 138
Kay, Paul, 33
Kempe, Martin von, 74-75
Kinsey, Alfred, 89, 110
kiss cam de Citi Field, 194
Klein, Stefan, 106, 109
Klimt, Gustav, 90
Koko (gorila), 59
kunik, 43

L

lábios
  o aumento dos, 35-36, 232
  como "eco genital", 34-35
  e a pré-mastigação, 39-41
  e a reprodução, 228-229
  e a resposta do corpo ao beijo, 101,
  102-103, 106
  "revirados", 32
laços sociais
  entre animais, 205
  e o bem-estar emocional, 175
  e os compromissos a longo prazo, 210
  e os hormônios, 157, 161
  e os odores corporais, 133
  o papel do beijo nos, 44
  e os robôs, 221
Lactobacillus acidophilus, 165
lamber e cuidar do pelo, 54
Lateiner, Donald, 68
Laycock, Thomas, 132
lepcha de Siquim, 82
leões, 55
levantador do lábio superior, 101
libido, 141, 142, 153
límbico sistema, 106
língua pilosa, 166
Linstead, Stephen, 150
lobos, 57
Love Plus (jogo), 218

Lüscher, Martin, 128

M

macacos, 54, 105
Madagascar, 81
magnetoencefalografia (MEG), 182-200
Malásia, 42
185-187, 196-197
Malinowski, Bronislaw, 82
maoris, 43
Marcial, 68-69
Marshall, Barry, 166-167
Marshall, Donald, 80
McCabe, Marita, 118
McClintock, Martha, 140
meningite, 167
menopausa, 123, 151
mordidas
  animais, 55
  os perigos das, 172
  como formas de beijos, 172
mononucleose, 170-171
morcegos, 52, 173
Morris, Desmond, 34-35, 37-39, 133
motivação para o beijo
  dos animais, 49-58, 227
  e a história do beijo, 31, 66
  e os hormônios, 152
  e melhorar o beijo, 126
  e o relacionamento mãe--filho, 37-39

Índice remissivo

e a resposta do corpo ao
beijo, 25, 230
mucina, 165
mulheres
   e o Complexo Principal
de Histocompatibilidade
(MHC), 135-138
   e os conselhos sobre o
beijo, 115-116, 119
   e os efeitos da testosterona
em, 142-143, 153-154, 161, 229
   e o estro oculto, 34, 45-46
   a fertilidade das, 141-142,
145-146, 154
   e a importância do beijo, 66
   as preferências quanto ao
beijo das, 117-125, 153-155,
175, 208-209, 211
   e o relacionamento mãe-
-filhos, 37-41, 230-231
   e a resposta do corpo ao
beijo, 158
   e os robôs como compa-
nheiros, 219-221
   a sexualidade das, 82, 108, 110
   e sincronia menstrual,
140-141
músculo orbicular da boca, 101
músculos faciais, 101, 106

N

namoro on-line, 144, 215-218, 221
Nebulosa da Borboleta, 61-62
neurociência
   e o contexto do beijo, 206-208
   e os neurônios espelhos,
104-105
   e as pesquisas sobre o beijo,
212
neurônios espelhos, 81-82
neurotransmissores
   e a amamentação, 38
   em comparação aos hor-
mônios, 150-153
   e o desejo sexual, 108, 126,
230
   e a resposta do corpo ao
beijo, 104, 106-109, 150,
206, 230, 234, 235, 237
noradrenalina, 109
Novo Testamento, 71-72
Nusbaum, Howard, 205
Nyrop, Christopher, 81

O

olfato
   e a avaliação da aptidão
genética, 134-135, 210-211,
229
   e o Complexo Principal
de Histocompatibilidade
(MHC), 135-138, 210-211,
229
   e os comportamentos
"parecidos com beijo", 52
   e a compreensão científica
de, 225

e os costumes modernos, 143-145
e os feromônios, 138-140, 216
e a fertilidade nas mulheres, 140-142, 145-146
e as glândulas do olfato, 130-133
e a higiene, 131, 174-175
preferências quanto ao, 43, 110-111, 130, 232-233
e a quimiorrecepção, 130-131
e as respostas subconscientes a, 134, 229
e o reconhecimento, 31-32, 41, 43, 65
órgão vomeronasal, 139, 143
orgasmo, 80, 82, 110, 144, 156, 220
orientação sexual, 159, 186-187, 193-194, 195-198, 211
Oriente Médio, 87
osculatorium, 73
Ovidio, 68
oxitocina, 106, 109, 151, 155-161, 204-205, 210, 230, 233

P

paladar
    aguçado das mulheres, 136, 175
    e os efeitos nos hormônios, 151-152
    e as preferências das mulheres quanto ao beijo, 117
    e a resposta do corpo ao beijo, 216, 229, 232-233
    e a saliva, 102, 165
pandemias, 163-164, 168
papel do beijo no comportamento sexual, 116-122, 149-150
papilas gustativas, 102
Patterson, Penny, 59
peixe, 57
peixes-boi, 52
pensamentos obsessivos, 107, 109
percepção de cores, 32-35
perspectiva antropológica, 11-12, 23, 62-63, 81-82, 86-87, 230-231
perspectiva evolucionista
    sobre "beijar e fazer as pazes", 156
    sobre o cérebro, 44
    sobre os comportamentos "parecidos com beijo", 24, 37-44, 53-59, 80
    sobre as doenças, 163
    sobre o órgão axilar, 132
    sobre a resposta do corpo ao beijo, 22-24, 226
    sobre a visão, cores, 32-35
pesquisas sobre o beijo
    entre os animais, 203-205
    e o beijo nos relacionamentos ao longo do tempo, 208-210

ÍNDICE REMISSIVO

e o contexto do beijo, 205-208, 230
e o impacto da diversidade, 211-212
e a inclinação da cabeça, 205-206
as possibilidades de, 203, 212, 226-227
e o sentido do olfato, 210-211
Peste Negra, 168
pigmeus *ituri*, 40
pílulas anticoncepcionais, 46, 136-137, 145, 158
pistas sociais, 206
Plínio, 71
Poeppel, David, 182-200
Polinésia, 41, 81
poliomielite, 169
porcos, 139, 141, 143
porcos-espinhos, 52
pré-mastigação, 39-41, 50, 227, 230-231
primatas, 32-34, 40, 50
Primeira Guerra Mundial, 89
prostitutas, 149-150
puberdade, 131, 132, 152

Q
quimiorrecepção, 130

R
Ramachandran, Vilayanur S., 33
ratazanas, 52
Reade, William Winwood, 79-80
realidade virtual, 218-219
recorde, 84, 91-92
regurgitação, 56-57
reprodução
  e os comportamentos "parecidos com beijo", 52-53
  e os feromônios, 139-141
  e os hormônios, 151
  o papel do beijo na, 44, 79, 122-123, 228-230
Reino Unido, 87
relacionamento mãe-filhos, 37-41, 230-231
relações extramaritais, 107-108
resposta à dor, 207
resposta do corpo ao beijo
  e o cérebro, 101, 103-110, 181-183, 200, 225-226, 227
  e os gêneros, 97, 158-159
  e os hormônios, 106, 111, 155-156, 181-182, 204, 230, 232-235, 236, 237
  e a inclinação da cabeça, 99, 205-206
  e os lábios, 101, 102-103, 106
  e o meio, 98, 116, 161, 184, 234-235
  e a motivação para beijar, 25, 230
  e os músculos faciais, 101, 106

e os neurônios-espelho, 104-105
e os neurotransmissores, 104, 106-108, 150, 206-207, 230, 233, 235, 237
e a oxitocina, 106, 109, 155-161, 204, 230, 233
a perspectiva evolucionista sobre as, 22-24, 226
e os sentidos, 101, 102-104, 106, 109, 216, 226, 235-236

Ressonância Magnética Funcional (fMRI), 192, 207-208

Rimm, Joni, 92

robôs, 219-220

Rodin, Auguste, 88

romanos, 35, 67-70

S

saliva
   e os alérgenos em, 173-174
   de animais, 45, 139
   e as bactérias na, 165-168
   estimulação pelo beijo do fluxo da, 175
   e morder, 172
   e o paladar, 102, 165
   e preferências quanto ao beijo, 153-154
   e a pré-mastigação, 41
   os vírus na, 169-171

ScientificMatch.com, 144

sebo, 131, 133

seleção de companheiro
   e os animais, 51-52, 54-55, 59
   e os atributos físicos, 134
   e o Complexo Principal de Histompatibilidade (MHC), 134-138
   e os feromônios, 138-139
   e o namoro on-line, 218
   e o olfato, 110-111
   papel do beijo na, 117, 137, 229-230, 235-236

"selado com um beijo", 73

sensibilidades a alimentos, 173-174

sentidos
   e a avaliação da aptidão genética, 135-136, 210-211, 229
   e a reação do corpo ao beijo, 101-104, 106, 110, 216, 226, 235-236

serotonina, 106, 109

Severin, Sophia, 91

Shakespeare, William, 83

Shepherd, Gordon, 130-131

Shetty, Shilpa, 87

sinais sexuais, 33-36

sinapses, 104

sistema endócrino, 150-151, 226

sistema imunológico, 134-138, 164, 229

sistema nervoso simpático, 159

sirionó da América do Sul, 82

somalis, 82
St. Johnston, Alfred, 42
Staphylococcus aureus resistente à meticilina, 168
Staphylococcus aureus resistente à oxacilina, 168
Stein, Martha, 149
Stone, Herbert V., 84
Stone, Sharon, 92

T

Tailândia, 88
Taylor, Bavard, 80-81, 87
Telescópio Espacial Hubble, 61-62
tensão pré-menstrual, 151
terapia do beijo, 210
testosterona
    e os efeitos nos homens, 152
    e os efeitos nas mulheres, 142, 153-154, 161, 229
    as funções da, 150
    como a preferência por beijos é afetadas pela, 153, 209
Tibério, 60
Tinbergen, Nikolaas, 24-25, 56-57, 227
toque, 52, 63-64, 235
toupeiras, 52
Transtorno obsessivo-compulsivo (TOC), 109
Turquia, 87, 99
Tylor, Edward, 81

U

úlceras, 166-167
urticária, 173-174
uso de bebidas alcoólicas, 69, 111-112, 234, 236
uso de drogas, 111-112, 236

V

varíola, 169
vampiros, 172
Vincent, Jean-Didier, 106-107
vírus, 169-171
visco, 70

W

Waal, Frans de, 50, 53
Warren, Robin, 166
Wedekind, Claus, 135, 145
West, Mae, 229
Wilde, Oscar, 173
Wilson, Carey, 155, 157-158,
Woods, Vanessa, 34, 49-51

Z

Zahavi, Atomz, 164
Zahavi, Avishag, 164
zé-ninguém, 150
zigomático maior, 101
zigomático menor, 101

1ª edição: novembro de 2013 | **Fonte:** Janson Text e Justus
Papel: Polen Soft 70g | **Impressão e acabamento:** Prol Editora Gráfica